Der dunklen Tugend

&

Hochzeit der Sklavin

D1669316

Constanze O. Wild

2. Auflage März 2019
Titelbild und Bilder im Innenteil:
Salax-Verlag

Der dunklen Tugend :
©opyright 2002-2004 by Constanze O. Wild

Hochzeit der Sklavin:
©opyright 2006 by Constanze O. Wild

ISBN: 978-3-86608-156-7

Salax
www.salax-verlag.de

Der dunklen Tugend

Hochzeit der Sklavin

DER DUNKLEN TUGEND

Constanze O. Wild

«So wie die Liebe dich krönt, so kreuzigt sie dich!»
Kalil Gribran

Das Vorwort zur Tat

Dies ist eine Geschichte, wie sie nur zu selten geschieht im wirklichen Leben, so scheint es mir. Es ist meine Geschichte. Und da sie mir passierte, und ich schwöre, ich dichte nichts hinzu, noch lasse ich Fakten unter den Tisch fallen, lohnt sich die Aufzeichnung meiner Gedanken und Erfahrungen. Mein Leben soll nicht ungehört vergehen, soll mehr sein als nur ein Aufschrecken aus dem Schlaf eines vermeintlich Gerechten.

Vielleicht kann ich auch meine Leser dazu ermutigen, sich ihren Wünschen hinzugeben, sich fallen zu lassen. Die Augen zu schließen, weg vom Alltag, in den Pfuhl der Sünde zu springen, um einmal zu erfahren, was es bedeutet, frei zu sein!

Ich wünsche mir, dass mehr Frauen und Männer sich zu ihren Neigungen bekennen, das schließt Sie, lieber Leser oder liebe Leserin mit ein.

Haben Sie nicht schon einmal von Dingen geträumt, die Ihnen Ihre vernünftige Seite mit einem Verweis auf Schamgefühl und Anstand, auf die guten Sitten und die Erziehung vorenthielt?

Dinge, auf die Sie verzichteten, weil Ihre Erziehung Ihnen einflüsterte, so gebärden sich nur Tiere?

Die Anmut der Unreinheit, so sagte ich mir an einem verregneten Tag, noch vor unserer eigentlichen Beziehung, muss das Erregendste sein, was mir vorzustellen möglich war. Diese Vorstellung beeindruckte mich, ja, erregte mich sehr. Den genauen Grund dafür suche ich noch immer. Aber eigentlich ist er auch nicht wichtig. Nur das Bekenntnis an sich zählt. Warum ist der Himmel blau? Warum funktioniert die Tastatur, mit der ich gerade diese Zeilen schreibe?

Ich habe aufgehört Fragen zu stellen. Und es tut so gut. Warum fasziniert mich die Unreinheit, das Dunkle, warum fühle ich mich von Dingen angezogen, die meine Eltern vor mir zu verbergen suchten?

Es ist egal. Aber ich weiß, dass es so ist, und ich spreche es aus, ich schreibe es nieder: Ich liebe diese atemberaubende Anmut der tiefsten Unreinheit, unreine

Gedanken, den Blick in die verdunkelte Seele. Das ist, was ich bin, was ich liebe, was ich lebe!

Als ich dies meinem Herrn offenbarte, gestand er mir, keine andere Frau in seinem Leben hätte ihm je ein solches Geständnis so offen und entwaffnend ehrlich zu Ohren kommen lassen. Warum nicht? Wie wir uns schließlich in dieser Beziehung wiederfanden?

«Die Freundin eines Mannes kann seine Frau nur werden, wenn sie zuerst seine Bekannte, dann seine Geliebte war.»
Anton Tschechow

Nach einigen Jahren der glücklichen Sklaverei, des Lebens als Objekt seiner Begierde, habe ich ihn gebeten, meine Gedanken niederschreiben zu dürfen, denn viele hielten mich für unglaublich dumm und meinen Meister für grausam und herzlos, als sie sahen, dass er mich schlug, ich seinen Freunden geschenkt wurde für eine Nacht, ich für Tage immer neuen Demütigungen ausgesetzt war. Dass ich seine Befehle befolgte und er mit mir all das machte, was mir Freude bereitete.

Für all jene, die über mich oder meinen Herrn urteilten, ohne das Wort der Sklavin je vernommen zu haben, ist dieses Buch gedacht.

Ich will nicht bekennen, denn ich habe nichts zu beichten. Ich will nur erzählen und dies so objektiv es mir möglich ist.

Man möge mir nachsehen, dass ich keine Schriftstellerin bin und nur Zeugnis ablege von den Erlebnissen, die mich ereilten.

Die Sklavin C

Der Weg in die Sünde

Nur selten war jemand so behutsam wie er. Er berührte mich auf eine Weise … für ihn war ich wie ein wertvolles Spielzeug, wie eine Puppe. Ja, das ist es. Er behandelte mich wie eine wertvolle, zerbrechliche Puppe aus Porzellan. Eine Puppe, die er sich schon seit so langer Zeit erträumte, wünschte und nun endlich sein Eigen nennen durfte.

Unsere Beziehung, mein Weg in die Sklaverei, begann unvermittelt, ein urplötzlich entfesselter Wolkenbruch der Gefühle, der alle Bedenken schließlich in der Flut ertränkte. Wir wurden uns gegenseitig zur Arche. Durch die Wellen unserer Gefühle trieben wir zu unbekannten Ufern der Lust, neue Länder, die wir erkundeten.

In der Tat war der Tag, an dem es begann, wenn man es so nennen will, ein Regentag. Ein kalter Dezembertag und wir standen einfach so da, Arm in Arm. Ich glaube, er war sich bereits jener fatalen Begierde bewusst, die sich in mir noch zu entfesseln hatte. In diesem Moment wollte er mich nicht gehen lassen, wollte ich nicht gehen. Die Regentropfen liefen über unsere Gesichter, unsere Kleidung, sein Gesicht war heiß und ich spürte seine Erektion an meinem Schenkel. Ich kann nicht verleugnen, dass ich es mag, wenn ich begehrt werde. Das sagt mehr als tausend Worte.

Die Erektion eines Mannes sagt in dieser unmissverständlichen, archaischen Sprache: Ich will dich! Ich will mich mit dir vereinen, mit dir schlafen, verbotene Dinge tun.

Ja, das erregt mich.

Einige Tage später, bei einem Telefonat, gestand ich ihm, dass ich gerne beherrscht werden möchte. Durch kleine Geschichten hatten wir versucht, den anderen heiß zu machen und dann passierte es:

Ich will beherrscht werden!

Damit wies ich ihm einen Weg aus seiner suchenden Dunkelheit. Zeigte ihm, wo ich auf ihn wartete.

Seine Neugierde, sein Verlangen und seine Triebe ebneten ihm schließlich den Weg in meine Arme.

Nein, das Lächeln auf meinen Lippen ist lediglich Zeichen der Gewissheit, in ihm jemanden gefunden zu haben, der mich erwecken kann aus meinem Dornröschenschlaf. Er wird mich benutzen, mich hinter den Schleier führen, der ein ganzes Reich und tausende Leben vor mir verbarg.

Ich wünsche mir im Spiel der Liebe zwei Dinge: Sicherheit und Grenzenlosigkeit. Ich habe erkannt, dass den Menschen nur ein Motiv wahrlich zu neuen Ufern treibt: Die Gier. In mir ist die Gier sehr stark, die Gier nach Neuem, nach unbekannten Ufern.

Auf diese Weise kann ich auch mein Interesse am Laster, an der Unreinheit erklären. Vielleicht.

Das soll nicht bedeuten, dass ich mich von Dreck angezogen fühle, sondern ich fühle mich von allem angezogen, was neu und nach den allgemein gültigen Werten der Gesellschaft unrein ist. Doch als Mädchen fehlt einem oft der Mut, dies von sich aus zu tun. Es braucht einen Fackelträger, der einem den Weg in den Abgrund weist.

Und wenn mein Herr und Meister mich fragt, ob ich ihm folge, wo auch immer seine Schritte mich hinführen, so antworte ich jedes Mal mit Stolz und Aufrichtigkeit: Ich will!

Er fühlt sich von der Neugier getrieben, von der Suche nach Vergessen. Auf viele wirkt er kühl, hart und kalkulierend. Aber um ihn wirklich zu kennen, muss man sich ihm hingegeben haben. Muss man seine Lanze mit dem eigenen Mund aufgerichtet und im Arsch gespürt haben.

Dann ist er ein anderer Mensch. Mein Meister, der mir sagt, ich solle in den Abgrund springen! Denn er ist da und fängt mich auf!

Wenn er mich schlägt, mich fesselt, mir Schmerz zufügt, wenn er mich fickt, dann ist er ein anderer. Wenn er mich demütigt, seinen Samen über mich ergießt, mir mein Halsband anlegt, mich küsst, dann ist er ein anderer. Wenn er Dinge tut, die nur wenige offen als sexuell erregend angeben, dann ist er ein anderer. Dann liebt er. Dann liebt er mich, sein Spielzeug, seine Puppe, seine Dienerin.

Und er liebt, wie ich keinen anderen Menschen je lieben erlebt habe. Mit Hingabe, mit einer Opferbereitschaft und einer nie versiegenden Lust, die viele überfordern würde. In ihm ist die Lust das verzehrende Feuer, das ständig mehr verlangt, um nicht zu verlöschen. Ein Leben, das vielen wie getrieben erscheint.

Aber das trifft es nicht. Er ist sich dieses Feuers durchaus bewusst. Er hat sich damals bewusst für diese flammende Liebe entschieden, ist ihm die andere Form doch zu langweilig.

Wer stärker lieben will, muss auch bereit sein, stärker zu leiden. Und wer Schmerzen als einen Teil der Liebe und der Zuneigung erfahren hat, weiß, wie tief und innig eine Liebe sein kann. Wenn die liebende Hand über die von Striemen rot gefärbte Haut gleitet, der Schmerz sich mit der sanften Berührung zu einem Crescendo der Liebe steigert und alle rationalen Gedanken einer Naturkatastrophe gleich einreißt ...

Das ist Liebe! Ich spüre meinen Körper, spüre die Schmerzen, die Lust, die Geilheit, will immer mehr und mehr. Würde ich denken, meine Ratio würde schreien: Du bewegst dich zu nah am Abgrund!

Aber ich denke nicht. Ich gebe mich hin, ich liebe.

Aber so ist er, mein Herr und mein Meister. Mein Gebieter und Geliebter. Was wäre ich ohne ihn? Nur eine Frau auf der Suche nach Unterwerfung und Freiheit.

Was wäre er ohne mich? Ein Mann auf der Suche nach Herrschaft und Gefangenschaft. Ein Brennender, der verzweifelt nach Nahrung für die Flammen sucht.

Gibt es etwas Schöneres, als die Geliebte, die Freundin, die Hure, die Göttin, Königin und die Sklavin eines Mannes sein zu dürfen?

An jenem Regentag, als wir Arm in Arm beieinander standen, beschwor er mich, stark zu sein. Ihm Einhalt zu gebieten, um des Friedens willen. Beide lebten wir noch in den Ketten einer Beziehung, doch benahm er sich bereits für Momente wie ein Tier, bereit seine Beute zu reißen. Die wenigen Male, die ich ihm bis dahin schon erlegen war, zeugten bereits von seiner Kraft. Ein Kuss, nur ein Kuss und doch spürte ich seine Zungenspitze über meine Lippen gleiten, die sich öffneten, ihn empfangen wollten. Seine Umarmungen, als seine Hände tiefer rutschten und über meinen Hintern glitten. Als er hinter mir stand und seine Arme um mich legte, meine Brüste umfassend.

Es war abzusehen, dass mein Widerstand irgendwann brechen würde. Das sage ich jetzt. Damals brüstete ich mich mit meiner Beziehung und der Liebe zu ihm. Und ich gelobte stark zu sein. Ich würde auf uns beide Acht geben.

Als er mich dann das erste Mal abends heimsuchte in meinen Träumen, wurde ich mir meiner fatalen Lage bewusst. Doch ich genoss sie im Schoße dieser ungebändigten Lust des Traums.

Benutze mich!

Auf Knien bettelte ich um seinen Schwanz, bat ihn, doch endlich näher zu kommen und mir seine Männlichkeit zu geben. Meine Beine waren mit Eisen an den steinernen und staubigen Boden geschmiedet worden. Meine Hände mit Handschellen hinter meinen Rücken gekettet.

Ich hatte Sehnsucht nach Berührung, doch er stand nur vor mir, seine erigierte Lanze außer Reichweite. Ich bat und bettelte um sein Geschlecht, sperrte meinen Mund auf, versuchte es mit meiner Zunge zu erreichen, lehnte mich nach vorne, soweit es meine Fesseln zuließen, doch ich konnte ihn nicht erreichen.

Endlich machte er einen Schritt auf mich zu, kam das versprochene Stück näher und ich konnte mit meiner Zungenspitze seine Eichel berühren. Begierig leckte ich seine rote, aufgerichtete Spitze und hoffte insgeheim, eine Kostprobe seines Lustsafts würde meine Zunge benetzen.

Wieder kam er ein Stück näher, nun konnte ich die komplette Eichel mit meinen Lippen umschließen.

Die Fesseln schmerzten, weil ich mich noch immer weit nach vorne lehnen musste, etwas weiter, als das Eisen mich ließ, aber ich berührte ihn!

Voller Hingabe saugte ich, leckte ihn und versuchte nun, ihn mit Hilfe meiner Zähne näher an mich zu ziehen.

Er stöhnte auf, entzog mir dann jedoch seinen Penis und verpasste mir eine Ohrfeige. Mit Freude im Gesicht lächelte ich ihn an. Er hatte mich berührt. Mit seiner Hand.

Er ging um mich herum und musterte mich, berührte meinen Arsch, zog die Backen auseinander und ich streckte ihn lüstern in die Höhe, soweit es meine Fesseln zuließen. Sollte er meine Bitten erhöhen und mir diese Reinheit nehmen, diese Jungfräulichkeit, diese Unerfahrenheit mit meinem Arsch? Will er mich tatsächlich zur Frau und Hure machen?

Seine Finger glitten langsam über meinen Rücken, tiefer und tiefer, über meine Haut. Schon spürte ich seinen Zeigefinger am Eingang, als er wieder abließ von mir. Aus Strafe für meine Initiative, für mein eigenständiges Handeln stellte er sich vor mich hin und befriedigte sich selbst. Seine Hand glitt schnell und hart und immer wieder über seinen Schwanz. Ich litt Qualen. Warum durfte ich ihn nicht befriedigen?

Doch dann trat er wieder näher an mich heran und ich öffnete meinen Mund, um ihm Obdach zu gewähren. Ich erforschte mit meiner Zunge seinen Penis mit aller Sorgfalt, spielte an der Öffnung, aus der seine Sahne, seine Offenbarung tritt, küsste den Schaft und spürte schließlich das erlösende Pulsieren, das die Eruption ankündigte.

Kurz darauf schoss sein Sperma in meinen Mund. Ein heiserer Schrei war der Beweis, dass er es genossen hatte. Ich schluckte seinen Saft und auch ich war glücklich, einen Teil von ihm in mir zu haben.

Er ging mit seiner noch immer steifen Lanze um mich herum und wieder strich er über meinen Rücken. Seine Finger ließen sich dieses Mal etwas mehr Zeit, aber sie wanderten nach unten. Vor Erregung schloss ich die Augen, in gespannter Erwartung meiner analen Defloration.

In jenem Moment traten zwei Frauen aus der uns umgebenden Dunkelheit. Ihre Brüste waren riesig und mit schweren Eisenschellen abgebunden. Prall und fest, dunkelrot leuchteten die Knospen. Von den Schellen ragten kleine Eisenstäbe in die Höhe, an denen sich je drei Kerzen befanden.

Sechs brennende Kerzen pro Frau. Sie kamen näher zu mir und ich sah diese wunderbaren Brüste, von einem wahren Meister der weiblichen Folter in die Länge gezogen, prall vom Eisen gehalten. Sie bückten sich und ich sah die vielen heißen Wachstropfen, die auf mich herab fielen. Sah sie näher kommen, spürte die Hände meines Meisters ...

Als ich die Augen aufschlug, war ich in meinem Bett.

Ein Freund sagte mir einst, im Traum kann nicht erlebt werden, was der Mensch nicht in seinem Leben schon gefühlt hat. Aus diesem Grund würde man auch aufwachen, bevor der Fall endet. Bevor die Schwelle in das jenseitige Leben überschritten ist.

Mein Arsch ist noch immer Jungfrau. Sicherlich wäre es ein Leichtes, den eigenen Finger zu nehmen, doch ich möchte so gerne von einem Mann genommen werden.

Keine Frage, keine Bitte, kein Versuch, sondern ein Befehl!

Zeig mir deinen Arsch, sollte er zu mir sagen und ich würde vor seinem Glied auf alle viere gehen, um dieses Gefühl zu erleben. Zu erleben, wie sein Schwanz in das verbotene Loch dringt, immer tiefer und zu erleben, wie es sich anfühlt.

Wie viele Frauen, so stelle ich mir manchmal vor, wie es wohl ist, vergewaltigt zu werden.

Gegen seinen eigenen Willen genommen zu werden und Dinge tun zu müssen, die man nicht aussprechen möchte. Außer vielleicht im Dunkeln, wenn man bei einer Freundin übernachtet und sich dieses seltsame Prickeln einstellt, wenn man eng aneinander gekuschelt liegt. Die Stimme der Freundin ganz dicht am eigenen Ohr.

Vielleicht von mehreren Männern genommen zu werden, den kalten Waldboden im Rücken, einen hässlichen Kerl über mir. Der Freund des hässlichen Kerls hält meine Beine, er selbst stützt sich auf meine Hände ...

Und manchmal rollt sich die Freundin dann auf einen, drückt die Arme gegen die Matratze und lächelt spitzbübisch. Mit Plastikhandschellen aus dem Kinderfasching lasse ich mich ans Bett fesseln, während sie die Ursache meines feuchten Höschens erforscht. Dann nimmt sie es an sich als Pfand und ich frage sie, was ich dafür tun muss ...

Wieder dieses Lächeln. Ich solle sie da unten küssen, meine sie und nur zu gerne erfülle ich diesen Wunsch ...

Die Meisten träumen von vielerlei Dingen, doch setzen die wenigsten auch nur einen Bruchteil davon in die Tat um. Warum?

Aus der Rückschau auf die vergangenen Jahre ist das Einzige, was das Leben wirklich bereichern kann, der Wille, das zu tun, was man will. In meinem Fall hieß das: Keinen eigenen Willen mehr zu haben. Mich aufzugeben und als Mensch nicht mehr zu existieren.

Für viele mag das nur schwer nachvollziehbar und unwahrscheinlich klingen, aber für mich ist das die Erfüllung all meiner Wünsche.

Mit der Aufgabe meiner eigenen Persönlichkeit hören auch meine Wünsche auf. Ich bin glücklich, denn ich muss nicht mehr wollen, ich bin frei von allen Gedanken, die sich mit der fürchterlichen Frage ‚Was will ich?' beschäftigen. Diese Bürde lege ich meinem Meister auf.

Ich gehöre jemandem und egal, wer dies auch sein mag, ich gehorche ihm. Ich mache nicht seinen Willen zu meinem Willen, sondern ich verhalte mich wie ein Spielzeug. Ich denke dies ist wirksamer und effizienter als Sklavin.

Immer wenn er mich braucht, bin ich da, in meinem Käfig, in Fesseln, gut verwahrt für eben diesen Augenblick, da er mich schlagen, mich ficken, mich streicheln oder mich ansehen, quälen oder vorzeigen will. Das ‚Ich' gibt es nicht mehr. Das ‚Ich will' gibt es nicht mehr. Ich bin ein Objekt, ein Möbelstück, ein Spielzeug, sein Spielzeug, seine Puppe.

Es gab Zeiten, da fand er Gefallen an dem Umstand, mich wegzuschließen. Zu dieser Zeit hat er mich fast gar nicht gebraucht und benutzt. Vielmehr versteckte er mich geknebelt im Keller, im Schrank, in einem Latexsack und einigen anderen Dingen. Er verlieh mich an Freunde. Er war glücklich und er wollte es so. Und in mir war die Gewissheit, dass ich sein Spielzeug bin. Und er kam irgendwann wieder zurück zu mir, um mit mir zu spielen.

Einer seiner Bekannten brachte mich damals zurück, ich hatte ihn nie gesehen, denn die Zeit bei ihm verbrachte ich mit Augenklappen und einer Maske. Ich hörte, wie er sich verabschiedete und mein Meister endlich näher kam. Er sprach kein Wort. Er ging um mich herum und löste die Maske. Nackt, nur mit einem Halsband und einer Hundeleine, stand ich vor ihm auf einem kleinen Waldweg. Er lächelte mich an. Seine Augen zeugten von Sehnsucht und von Liebe ... und von neuen Ideen.

Wenn ich zurückdenke an die Zeit, als ich noch einen Willen hatte, es war furchtbar. Das gewöhnliche Leben ist voller Belastungen, voller Verantwortungen und Entscheidungen, die man zu treffen hat. Niemand zeigt einem, wie man sich entscheiden soll, denn jeder möchte, dass man sich für ihn entscheidet.

Man betreut Projekte, trägt Sorge für den Erfolg einer Werbeaktion, sorgt sich um die Familie, selbst bei Dingen, die Freunde nicht betreffen fragt man sich oft: ‚Was würden sie wohl dazu sagen?'

Entscheidungen, wo man nur das kleinere Übel wählen kann, wo man Fehler macht, sich selbst verrät, das war mir irgendwann zuwider.

Jetzt als Sklavin bin ich wirklich ‚Ich'. Ohne gesellschaftliche Zwänge, ohne die Last der Verantwortung und ohne die Möglichkeit falsche Entscheidungen zu treffen.

Das erste Mal

Die Zeitspanne zwischen seinem ersten Besuch in meinen Träumen und seinem ersten Besuch in mir war kurz.

Es geschah an einem milden Tag. Wie es dazu kam, dass wir gemeinsam schwimmen gingen, weiß ich nicht mehr. Aber schließlich standen wir beide in dieser warmen, dampfenden Luft, die fortwährend schrie: ‚Entledigt euch eurer Kleidung!'

Entgegen seiner sonst eher zurückhaltenden Art meinte er, wir sollen gemeinsam eine Kabine benutzen. Aus Spaß stimmte ich zu. Als wir dann gemeinsam in dieser kleinen Kabine standen, war die Stimmung sehr merkwürdig. Vorsichtig begannen wir uns auszuziehen.

Unsere Blicke musterten den anderen mit höchster Aufmerksamkeit. Ich hatte gerade meinen BH geöffnet und bückte mich nach meiner Tasche, als seine Hände plötzlich meine Hüften umschlossen.

Etwas erschrocken fuhr ich hoch, sah ihn nackt mit einer beeindruckenden Erektion vor mir stehen. Langsam zog er mich zu sich, anscheinend auf ein Signal der Gegenwehr gefasst.

Doch er wartete vergeblich. Als meine Brust die seine berührte, war ich bereits so erregt, dass ich willig in seine Arme sank. Seine Zunge spürte ich in meinem Mund, seine Hände befühlten mich, fassten bald den Slip und entblößten mich komplett.

Meine rasierte Scham blitzte ihm entgegen und auch er war untenherum blank. Er lenkte mich, bis ich gebeugt, meine Hände auf der hölzernen Bank, vor ihm stand.

Seinen Atem spürte ich schon zwischen meinen Schenkeln hindurchstreichen.

Meine Erregung erreichte das erste Mal einen kleinen Höhepunkt, als er ganz obszön meine Arschbacken auseinander zog und mit Inbrunst meine Rosette küsste.

Seine Zunge war das Erste, das in mich anal eindrang, mich weitete und den Weg beschritt, den viele Kulturen noch immer für abartig halten.

Er saugte an mir, küsste meinen dritten Mund und versuchte, seine Zunge immer tiefer zu stoßen.

Der Moment, in dem er abließ von mir, war schlimm. Ich fühlte mich plötzlich so unvollständig, leer und kalt. Er gab mir mit diesem Kuss etwas, dass ich von nun an nicht mehr missen wollte.

Doch er schien meine Gedanken zu lesen. Er beugte sich langsam über mich, griff meine Brüste und krallte sich in das Fleisch, als seine Eichel den Weg seiner Zunge beschritt. Noch nahm er Rücksicht auf meine Jungfräulichkeit und drang langsam in mich ein. Als der Schmerz in mir aufstieg, war es eine ungekannte Wärme in mir, ein Feuer, dass er in meinem Inneren entfachte und weiter antrieb.

Das Pulsieren des Blutes brachte schon bald immer neue Schübe von bis zu diesem Zeitpunkt mir unbekannter Lust. Dank seines Speichels glitt er für das erste Mal relativ sanft in mich. Als er eine gewisse Tiefe erreicht hatte, verweilte er für einen Moment, um mir Zeit zu geben mich daran zu gewöhnen.

Es war nicht zu vergleichen mit einem Schwanz in der Muschi! Es war etwas vollkommen anderes. Meine Klitoris pulsierte und mein Schließmuskel zog sich immer wieder etwas zusammen, um den Eindringling wieder herauszupressen. An seinem leichten Stöhnen erkannte ich, dass mein Meister diese Momente genoss.

Und schnell wurde aus dem unangenehmen Gefühl auf die Toilette zu müssen eine mich, im wahrsten Sinne des Wortes, übermannende Lust. So gab ich ihm zu verstehen, er möge bitte weitermachen.

Er pfählte mich, zog mich mit seinen Händen näher zu sich und immer weiter auf seinen Schwanz. Seine Hände drückten, pressten mich an seinen Körper und ich spürte, wie er immer tiefer in mich drang. Sein schwerer Atem streifte mein Haar und mein Ohr und auch ich stöhnte leise. Am liebsten hätte ich laut aufgestöhnt vor Lust: ‚Ja! Nimm mich!' Ich schloss die Augen und hätte beinahe vergessen, wo ich bin. Ich wähnte mich im Paradies, an jenem Ort, wo die Lust so intensiv ist, dass man nicht mehr von Glück oder Unglück, von Freude oder Leid sprechen kann, sondern nur noch von Lust, Geilheit und Schamlosigkeit.

Immer wieder verharrte er bewegungslos in mir, kniff meine Brüste und massierte mich, sodass meine Rosette sich an den Eindringling gewöhnen konnte. Seine Hoden spürte ich ganz dicht bei mir. Er war also wirklich komplett in mich eingedrungen. Die Stimmen der anderen Badegäste wurden zu einer verruchten Hintergrundmusik für unseren Akt und der Takt wurde von den Schuhen der vorbeiziehenden Gäste vorgegeben.

Ich spürte das Blut, das durch seinen Ständer strömte und jeder Herzschlag verschaffte mir Lust. Meine Rosette schloss sich eng um seinen Schaft und als er mir sanft ins Ohr stöhnte, wurde ich heiß, geil und kam mir vor wie in meinem Traum. Aber es war Realität. Er hatte mich, meine geheime Pforte, meinen Anus, meinen Arsch entjungfert. Als er begann sich schneller in mir zu bewegen, war es ein unbeschreibliches, neues Gefühl.

Der anfängliche Schmerz taumelte bald und stürzte sich in solche Lust, dass ich nicht länger stumm bleiben konnte. Mir entglitten die Worte und ich bat ihn immer wieder, nicht aufzuhören, nicht, noch nicht!

Mit einer Hand begann ich meine Klit zu reiben. Doch sein Penis bereitete mir dieses Mal mehr Lust, mehr! Er war in mir, dort, wo noch niemand zuvor war!

Sein Stöhnen veränderte sich auf einmal. Ich hörte, dass er mir etwas ins Ohr stöhnte. Er nannte mich bei meinem wirklichen Namen: Sklavin.

Er hauchte es fast stimmlos und voller Begierde. Und dieses Wort entledigte mich aller irdischen Fesseln und ich sank unter ihm in einem tosenden Orgasmus zusammen. Ich wollte es noch weiter hinauszögern, diesen Moment unbedingt erhalten. Dabei schwebten auf flirrenden Schwaden der Wollust Worte wie Zofe, Dienerin, Sklavin, Hure, Stute und noch viele mehr durch meinen Kopf.

Genau im richtigen Moment verließ er mich und steigerte meine Wonnen noch einmal ins Unermessliche. Ein Schrei der Lust entkam mir in diesem letzten Augenblick.

Ich brauchte einige Zeit, bis ich wieder zu mir kam. Eine Hand in meinem Schritt, die Augen geschlossen, konnte meine vernünftige Seite nicht nachvollziehen, was soeben geschehen war. Aber mein lüsternes Ich, meine absolut devote Seite konnte es erklären. Und sie kam zu dem Schluss, dass er noch nicht gekommen war. Sein Gemächt ragte noch immer steif und erwartungsvoll auf.

Ich öffnete meinen Mund automatisch und wollte ihm meine Dankbarkeit beweisen. Meine Lippen schlossen sich um seinen Schwanz, der eben noch in meinem Arsch gesteckt hatte. Aber über diese Kleinigkeit machte ich mir in jenem Moment keine Gedanken. Ich leckte seine Eichel, saugte und ließ nicht mehr von ihm ab, bis er zitternd kam. Sein Sperma trank ich mit höchster Befriedigung.

Auch später sagte er mir nie , ob ihm dieses erste Mal gefallen hatte. Er antwortete immer das Gleiche, nämlich, dass er gekommen sei.

Ich liebe den Geschmack seines Samens.
Ich mag seinen Geschmack.

Damals im Schwimmbad war es jedoch unser Geschmack. Aber das war mir egal. In jenem Moment brannte mein Feuer der Leidenschaft, ich hätte alles getan, ganz gleich, was er von mir verlangt hätte! Als ich seinen Saft geschluckt hatte, half er mir vorsichtig auf die Beine und umarmte mich zärtlich.

Und wieder hauchte er dieses eine Wort, vielleicht um zu prüfen, ob ich es verstanden hatte. Ich sah zu ihm auf, nickte und wiederholte meinen neuen Namen. Er küsste mich auf den Mund, lächelte und zog sich die Badehose an. Ich würde nach ihm schmecken, sagte er noch, als er die Tür öffnete und mich nackt in der Umkleide stehen ließ.

Als Beginn für eine Beziehung war dieses Erlebnis wohl recht ungewöhnlich. Wir hatten uns bis zu dieser Tat, die in meine Analen einging, nur ein einziges Mal geküsst. Und dies geschah lange bevor wir überhaupt in die Nähe einer Beziehung gerieten.

Auch an jenem Tag im Schwimmbad küsste er mich nicht. Er strich über meinen Hintern und lächelte. Einige Male griff er mir an die Brust oder auch in den Schritt.

Es schien ihm zu gefallen, mich immer wieder zu erregen und dann einfach stehen zu lassen.

Der Tag verlief dann eigentlich, wie ein solcher Tag verlaufen sollte. Wir hatten Spaß im Wasser und redeten über die Arbeit und unsere Bekannten.

Als wir uns auf dem Weg nach Hause trennen wollten, hielt er meine Hand fest und sah mir in die Augen. Ich sollte ihm folgen, die Nacht fortbleiben von zu Hause. Er formulierte es nicht als Bitte, mehr als Befehl und so gehorchte ich ihm. Es war mein erster Befehl. Von diesem Zeitpunkt an würde er mich nie wieder um etwas bitten, mich nie wieder mit eigenen Entscheidungen quälen oder überfordern.

Schon hier spürte ich den Hauch der Leichtigkeit, den ein Leben in Sklaverei mit sich bringt. Ich fühlte mich beschwingt und ich erinnere mich, vor lauter Übermut mehrmals auf der Straße vor ihm auf die Knie gegangen zu sein und seinen Schritt in der Halböffentlichkeit eines winterlichen Nachmittags geküsst zu haben.

Doch so richtig gut fühlte ich mich erst, als ich es wagte seine Hose zu öffnen und ihn ohne trennenden Stoff nicht mehr nur zu küssen, sondern ihn auch in meinen warmen Mund aufzunehmen.

Vergewaltigung auf Verlangen

War der bisherige Tag schon sehr anregend und befriedigend, in der wahren Bedeutung dieses Wortes, gewesen, zeigte er mir gegen Abend bereits die Tür zu meinem wahren Selbst, die ich später durchschreiten sollte, stolzen Hauptes und als freier, wissender und zum letzten Mal wollender Mensch.

Dass ich vor ihm auf die Knie sank auf offener Straße, das schien ihm zu gefallen. Zu jener Zeit hatte es für mich allerdings keine besondere Bedeutung, denn ich wollte mich nur nicht formlos bücken, um seinen Schritt zu küssen. Es war Spaß, ein Spiel.

In der Nähe seiner Wohnung lag ein großes Stück unbebautes Land, eine Baustelle, die schon Monate brachlag, ein Bauloch, nicht mehr.

Dorthin führte er mich . Zärtlich zog er mir meine Jacke aus und legte sie auf meine Tasche. Immer wieder streiften uns die Lichter vorbeifahrender Autos und Straßenbahnen.

Er bat mich um nichts, aber er berührte mich, fasste mir in den Schritt und plötzlich schien er zu explodieren.

Ich wurde von ihm zu Boden geworfen, er riss mir buchstäblich die Kleider vom Leib, zerriss meinen Slip, bis ich in Fetzen unter ihm lag.

Es ging sehr schnell und noch war eine Art Unsicherheit an ihm. Nichts hätte ihn aufhalten können, außer mein Wort.

Doch ich hütete mich. So erwartete ich ihn und genoss diese kleine Vergewaltigung. Sein Finger glitt wieder in meinen Arsch und er fickte mich wild und ungestüm.

Dieses Mal spürte ich, dass es nicht so sehr um mich ging, sondern mehr um seine Lust. Er wollte sich Befriedigung verschaffen. Nicht ich sollte Lust erleben, sondern nur er . Ich sollte ihm Vergnügen bereiten. Er benutzte mich.

Hätte er gewusst, wie geil mich diese Vorstellung macht, dieses Gefühl benutzt zu werden, ich weiß nicht, ob er es noch mehr genossen hätte.

Er verteilte sein Sperma über meinem Körper, rieb mich damit ein. Dann erhob er sich, nahm meine Jacke und meine Tasche und ging nach Hause.

Wenn ich ihm folgen wolle, solle ich mir überlegen, was mich bei ihm erwarte und wie ich ihm folgen solle, das waren seine Worte, bevor er stolz im Eingang seines Wohnhauses verschwand.

Noch hallte sein Atem in meinen Ohren, sein heftiges Stoßen und noch spürte ich ihn in mir, als ich realisierte, was er eigentlich getan hatte. Er hatte mich wirklich benutzt. Sich das Wertvollste und Intimste genommen von mir. Was er wollte und was ich ihm zu geben imstande war.

Er hatte mich auf dem kalten und dreckigen Grund der Baugrube gefickt, bis er kam und mich dann mit seinem Sperma beschmutzt. Mit einer Ausnahme, meiner nicht vorhandenen Gegenwehr, war dies eine Vergewaltigung, aufgezwungener Sex ohne Rücksicht auf die Person, die man benutzt.

Immer wieder zogen die Lichter der vorbeifahrenden Autos über meinen nackten Körper. Mein Arsch pulsierte regelmäßig von der heutigen Episode im Schwimmbad und ich fühlte mich in meinem Körper sehr surreal. War dies ein Traum, eine weitere Fantasie oder war dies wirklich geschehen? Hatte ich es wirklich geschehen lassen?

Ich zitterte, als mir dies klar wurde. Aber im selben Moment wurde mir auch klar, was er mit seinen Worten meinte. Was mich erwartete bei ihm, in seinen Armen ... Ich konnte es kaum erwarten und wollte laufen, rennen, um schnell bei ihm zu sein, aber konnte ich es wirklich wagen?

War es vielleicht nur ein Spiel für ihn und nichts weiter? Wollte er mich nur nehmen, als weitere Trophäe?

Fast nackt, mit Dreck und Sperma verschmiert, stand ich auf. Was würde passieren, wenn mich jemand sah?

In diesem Moment lugte ich das erste Mal durch das Schlüsselloch jener Tür mit der Aufschrift «Sklaverei & Selbstaufgabe».

Und was ich sah, gefiel mir.

Ich sah meinen Körper, gepeinigt im Zeichen der Lust, sah einen starken Besitzer und Beschützer, und immer mehr dämmerte mir, was er aus mir machen wollte, was ich für ihn sein würde, was ich in meinem Inneren schon war ...

Zu jener Zeit konnte ich das Gefühl nicht beschreiben, aber in mir bildete sich aus dem unendlichen Schwarz meiner noch ungeformten Sehnsüchte eine Lust nach Unterwerfung.

Ich erhob mich aus dem Dreck und Schmutz und entledigte mich auch meines letzten Kleidungsstücks. Völlig nackt, für all jene deutlich sichtbar, die jetzt aus ihren Fenstern blicken mochten, war ich stolz, den Dreck und die Unreinheit, sein Sperma und meine Lust in mir und auf mir zu tragen. So folgte ich ihm, meinem Meister.

Ich musste es tun, es war ein wildes Verlangen in mir und diesem gab ich nach. Ich war stark genug, schwach zu sein. Ich ließ mich fallen, fallen in die Arme der Lust und der Begierde.

Noch nie hatte ich ein solches Bedürfnis nach sexueller Befriedigung ... und noch nie waren meine Erwartungen derart morbide, düster, dunkel und nach allgemeiner Meinung schlicht pervers und abartig.

Doch genau das wollte ich in diesem Moment. Stolz auf mich und meine erblühende devote Ader ging ich zu seinem Haus. Am Eingang zum Grundstück befand sich ein Bewegungsmelder, der den Weg bis zur Haustür in helles Licht tauchte.

Ich würde lügen, behauptete ich, jener Moment wäre mir leicht gefallen. Aber ich fasste mir ein Herz und schritt diesen Laufsteg meiner eigenen Begierde hinab bis zu seiner Tür.

Die Anmut der Unreinheit.

So fühlte ich mich. Nachdem ich die Klingel betätigt hatte, passierte zunächst nichts. Erst als ich ein zweites Mal klingelte und danach auf meine Knie sank, öffnete sich einige Augenblicke später die Tür.

Er lächelte und bat mich endlich hinein, nachdem er mich noch einmal eingehend gemustert hatte.

Nackt und mittlerweile etwas fröstelnd stand ich so bei ihm im Hausflur. Im grellen Licht seiner Deckenleuchte wurde ich mir des Schmutzes, der Erde bewusst, die auf mir war. Neben der Garderobe, wo Mantel und Jacke hingen, war ein Spiegel und dieser betrachtete mich.

Er lächelte mir zu und ohne dass ich darum gebeten hätte, zeigte er mir die Unreinheit auf meinem Körper.

Was in jenem Augenblick jedoch unendlich schwerer wog, war die Unreinheit in meinen Augen und in meiner Seele. Abgründe taten sich auf und ich war bereit, bis in die tiefsten Winkel meiner Gelüste vorzudringen, ohne Rücksicht auf niemanden. Dorthin, wo mein Herr mich führen würde, dorthin würde ich ihm folgen.

Er tat es im Übrigen dem Spiegel gleich und betrachtete mich ähnlich intensiv, wie dieser es tat.

Er holte Handtücher und zeigte mir das Badezimmer, bedeutete mir, dorthin zu gehen.

Dort wusch er mich mit sanften Händen, liebevoll. Er wusch meinen Körper, befreite ihn von dem Schmutz, vom Makel. Mit seinen Händen glitt er über meinen feuchten Körper, berührte alle intimen Bereiche und massierte mich schließlich ein wenig. Er trocknete mich ab und ich durfte ausnahmsweise in seinem Bett mit ihm schlafen.

Später in der Nacht wurde mir plötzlich klar, was er soeben getan hatte: Er hatte sein neues Spielzeug gereinigt. Seine neue Puppe, die er schon mit in den Dreck genommen hatte. Er hatte sie wieder gewaschen und konnte nun zufrieden einschlafen, denn morgen wäre sie bestimmt auch noch da!

Wie recht er doch hatte!

Bürospiele

In der Folgezeit wurde unsere Beziehung intensiver, beherrschender. Das hatte unweigerlich den Bruch mit meinem damaligen Freund zur Folge. Natürlich habe ich ihn anfangs ab und zu vermisst. Er war sehr liebevoll, aber er vermochte mir nicht das zu geben, was ich verdiene. Ich sage bewusst nicht, was ich will, denn einen Willen habe ich nicht mehr.

Dafür begab ich mich tiefer in die Abhängigkeit zu meinem Herrn, als ich es jemals zuvor zu träumen gewagt hätte. Ich wurde von meinen Eltern zu einer selbstbewussten und starken Frau erzogen, die durchaus ihren Mann zu stehen weiß, aber das reizte mich nicht so sehr wie diese neuentdeckte Neigung in mir. Und genau diese Neigung, diese erwachende Glut schürte mein Herr meisterlich. Immer wieder machte er mir meine Grenzen bewusst, glitt an ihnen entlang und suchte nach dem Schlupfloch der Lust.

So erlebte ich fortan mit meinem Besitzer und Herrn viele Dinge, die ich mir nie vorzustellen gewagt hätte.

Eines Morgens besuchte er mich in meinem Büro, kniete sich ungeachtet der offen stehenden Tür neben mich, ohne mich jedoch groß zu beachten. Seine geübten Finger glitten mir unter den Rock und entfernten meinen Slip. Kurz glitten seine Finger über meine nackte Scham und schon zog er sich wieder zurück.

Ich hielt mich gerade noch zurück, meine natürliche Neigung des Widerstandes im Zaum haltend.

Mit einem boshaften Lächeln roch er an meiner Unterwäsche, steckte den Slip ein und verschwand wieder.

So saß ich dann plötzlich ohne Höschen im Büro. An sich nichts Besonderes, aber an jenem Tag sollten noch ganz andere Dinge auf mich warten.

Kurz vor der Mittagspause kam er wieder. Dieses Mal lehnte er die Tür an. Ein etwa handbreiter Spalt verband mein Büro noch mit der Außenwelt. Er machte es sich an einem freien Arbeitsplatz gemütlich. Dann befahl er mir aufzustehen. Ich sollte für ihn tanzen und mich dabei, wie er es ausdrückte, unsittlich berühren. Ich sollte ihn aufgeilen.

Nach anfänglichem Zögern willigte ich schließlich ein. Ich hatte ihm ja Gehorsam geschworen und ich hatte ihm meinen Körper und meine Seele zum Geschenk gemacht! Seit ich ohne meinen Slip dasaß, war ich ohnehin unfähig zu arbeiten, meine Gedanken kreisten fortwährend um Sex.

Also begann ich mich zu bewegen, schwang meine Hüfte, hob den Rock an und präsentierte ihm meinen Unterleib. Meine Finger glitten über die feuchten Lippen meiner Muschi, zogen sie auseinander und zeigten die heißen Einblicke, die mein Herr sehen wollte. Ich strich mir über die Brüste und ließ meinen Hintern verführerisch kreisen, mal nackt, den Rock nach oben gezogen, mal versteckt unter dem schwarzen Stoff.

Mich nach meinen Qualitäten als Tänzerin zu fragen, wäre reine Zeitverschwendung. Ich kann sie nicht beurteilen. Aber die Tatsache, dass mein Herr eine Erektion bekam, deutet auf ein gewisses Talent hin. Jedenfalls machte mich seine Erregung sehr stolz und froh.

Im Hinterkopf pochte die Vernunft, denn jeden Moment konnte jemand ins Büro kommen.

Aber meine eigene Geilheit besiegte schließlich die Vernunft. Ich beugte mich hinab und drehte meinem Herrn den Hintern zu und ohne weiter darüber nachzudenken, steckte ich mir einen Finger in den Po. Ich steckte ihn tief hinein und begann ihn rhythmisch in mir zu bewegen. Dabei musste ich sofort wieder an jenen Tag im Schwimmbad denken, jener Tag, an dem ich meine Unschuld gegen meine Geilheit eintauschte.

Ich weiß nicht mehr, ab wann ich alles um mich herum vergaß, aber plötzlich wollte ich nur noch meinen Meister befriedigen, ihn zufrieden stellen. Den einen Finger noch im Hintern, steckte ich mir zwei Finger in meine feuchte Spalte.

Nun tanzte ich weniger, als dass ich mich im Büro vor meinem Bekannten, Freund, Herrn und Meister befriedigte. Ich kletterte auf meinen Stuhl zurück und rutschte mit meinem Hintern an die Kante der Sitzfläche, um ihm auch weiterhin einen guten Einblick zu bescheren. Die eine Hand kümmerte sich wieder um meinen Arsch, die andere ließ erst zwei, dann drei Finger in meine Muschi gleiten. Der Daumen kümmerte sich um mein kleines, rotes Lustzentrum.

Für einen kurzen Augenblick fragte meine vernünftige Hälfte, was ich hier trieb, doch als mir meine Lust den zweiten Finger in meinen Popo schob, wischten sich mir alle Bedenken beiseite. Ich wollte die Befriedigung, ich wollte kommen, den Höhepunkt genießen. Hätte mich jetzt ein Kollege besucht, ich hätte keine Möglichkeit zur Flucht gehabt, ich saß in Richtung Tür, präsentierte meine Scham und meinen After, dass auch nur der winzigste Moment ausgereicht hätte, die Lage zu realisieren.

Ich bewegte meine Finger und Hände schneller und fester, rubbelte über meine Klitoris und während mein Körper zu zittern begann, stöhnte ich leise, bis schließlich diese große Erlösung kam, dieser Ozean der Glückseligkeit. Ich kniff die Augen zusammen, meine Bewegungen stoppten, meine Gedanken verschwanden und in mir war nichts mehr, außer die pure Lust an sich.

Ich hatte mich vor ihm befriedigt, in der Arbeit, in meinem Büro, die Tür war offen, wenngleich auch angelehnt gewesen, aber das alles war egal, ich hatte es einfach getan.

Oder war es sogar der Anlass, der Reiz gewesen, der meine Zweifel überwog?

Mit einem Lächeln verließ er den Raum. Nicht ohne mir zu sagen, ich solle nicht nach Hause gehen, bevor er es erlaubte. Ohne Rücksicht stieß er die Tür auf und verschwand, ließ mich liegen, noch meine Finger in mir, der Rock als Stoffwurst in Bauchhöhe, meine blank rasierte Scham allen Passanten darbietend.

Schnell richtete ich mich notdürftig wieder her, verschwand dann erst einmal auf die Toilette, um mich zu waschen, aufs Klo zu gehen und nachzudenken.

Die Lust war echt gewesen. Ich wollte in dem Moment nichts anderes, als meinem Meister gefallen. Ich hatte alle Bedenken in Kauf genommen, hatte mir bewusst meine Finger hineingesteckt und mich massiert. Aber ich hatte es nicht gemacht, weil ich es wollte, nein, ich tat es, weil ich hoffte, meinem Meister würde es gefallen. Dieser Umstand erschien mir zunächst sehr paradox, doch schließlich akzeptierte ich ihn. Der Weg zur Sklavin, zum Spielzeug, zur lebendigen Puppe ist weit und natürlich fernab jeglicher vernünftigen Logik.

Aber es ist ein Weg, der mir zusagt und den ich zu gehen für meinen Meister bereit bin!

Ich konnte mir vor dem Spiegel das zufriedene Lächeln nicht verkneifen. Mein Körper fühlte sich zufrieden und auch mein Geist war entzückt.

Als die Wassertropfen von meinem Gesicht perlten, ich in die weiße Keramik des Beckens blickte, wurde mir bewusst, wie sehr ich den Pfad jener von den Eltern so beschworenen Tugend bereits verlassen hatte.

Nicht, dass ich nicht schon kleineren Verfehlungen anheimgefallen wäre, aber als ich die Erlebnisse der vergangenen Tage Revue passieren ließ, war dies doch die Ahnung einer großen Veränderung, die sich am Horizont abzuzeichnen begann.

Ich kehrte an meinen Arbeitsplatz zurück und erwartete mit Spannung, was dieser noch so junge Tag an Überraschungen für mich bereithalten würde. Aber zu meiner Enttäuschung passierte einfach nichts. Mein Herr zeigte sich nicht mehr und so verbrachte ich die folgenden Stunden mehr oder weniger alleine, ab und zu unterbrochen von einigen Kollegen.

Es wurde Abend und das Gebäude leerte sich nach und nach. Einige wünschten mir einen schönen Abend oder wunderten sich, dass ich anscheinend Überstunden schieben wollte.

Die Lichter hinter den Fenstern wurden gelöscht und schließlich waren ich und mein Meister alleine.

Irgendwann erhielt ich eine Email. Mein Gebieter forderte mich schließlich auf, in den Konferenzraum zu gehen. Es war ein großer Raum mit einem Tisch für zehn Personen. Drei der Wände bestanden aus Fenstern, eine Tür ermöglichte den Weg auf die Dachterrasse.

Ohne dass es mir peinlich wäre, kann ich behaupten, dass ich schon beim Betreten des Raumes vollkommen geil war. Was hatte mein Herr für mich ersonnen? Mit welchen Spielen wollte er mich nun noch erregen? Hinzu kam natürlich die Tatsache, dass ich noch immer kein Höschen trug.

Die Fenster glichen schwarzen Wänden, in denen sich der Raum spiegelte. Den Blick nach außen erschwerend, ermöglichten sie sehr wohl den Blick nach innen.

Die Wohnblocks um unsere Büros herum waren allesamt zwei Etagen höher, sodass sich von dort ein wohl prächtiger Einblick in das hell erleuchtete Konferenzzimmer bot.

Er saß am Kopf des Tisches, die Hände im Schoß zusammengelegt. Ich solle mich entkleiden, gebot er mir und ich gehorchte ihm. Als ich meinen Rock abstreifte, spürte ich, wie feucht ich wieder war. Es war unglaublich. Bisher hatte Sex in meinem Leben eher eine untergeordnete Rolle gespielt. Und nun wurde ich nur beim Gedanken an meinen Meister immer und immer wieder feucht.

Ich sollte mich auf den Konferenztisch legen, nackt. Ich gehorchte und kletterte über einen Stuhl auf die harte und kühle Unterlage. Er stand auf, kam näher und spreizte meine Beine.

Seine Zunge glitt langsam meinen Körper hinab und verursachte mir eine Gänsehaut der Vorfreunde und Erregung.

Mit Seilen, die er wohl mitgebracht hatte, begann er mich zu fesseln. Die Schlinge um meine Gelenke wurde zu den Tischbeinen geführt und dort mit einem Knoten befestigt.

Bereits kurze Zeit später lag ich, meine Arme ausgestreckt, meine Beine weit gespreizt und meine Mitte schutzlos preisgegeben, völlig wehrlos auf dem großen Tisch.

Die Glasplatte musste wohl einen guten Anblick von der Unterseite aus ermöglichen, dachte ich bei mir, als er wieder über mir war.

Er schloss seine Augen und öffnete seinen Mund zum Kuss und näherte sich meinen Lippen. Ich tat es ihm gleich und erwartete seine zärtlich fordernde Zunge. Doch statt seiner Zunge befand sich plötzlich ein gummiartiges Etwas in meinem Mund.

Nun war ich geknebelt. Es war ein aufblasbarer Gummiknebel in der Form eines Penis. Wieder lächelte er mich stumm an und pumpte den Knebel ein wenig auf.

Als sich meine Backen bereits nach außen wölbten, hörte er auf. Meine Zunge war nun fest auf den Boden meines Mundes gepresst. Es war ein unangenehmes Gefühl, ich spürte bereits, wie mein Gaumen und mein Kiefer sich dagegen wehrten, aber meinem Meister gefiel es so. Damit sollte es auch mir gefallen. Er betrachtete mich eine kleine Weile lächelnd, dann verschwand er aus meinem Blickfeld.

Als er zurückkam, sah ich, dass er drei Kameras trug. Eine davon war seine Eigene, eine erkannte ich als die Firmeneigene. Woher er die andere hatte, weiß ich bis heute noch nicht. Mit Stativen positionierte er eine unter dem Glastisch, eine direkt auf meine Scham gerichtet und eine stark erhöht auf dem Aktenschrank, sodass sie die gesamte Szene überblickte.

Diese schloss er zudem an den großen Plasmabildschirm an, der an der Wand hing. So konnte ich mich selber auf dem Monitor sehen.

Schließlich positionierte er zwei Kissen unter mir, eines unter meinem Kopf, damit ich einen besseren Blick auf den Bildschirm hätte, das andere unter meinem Hintern.

Er schaltete die Kameras ein, justierte sie noch ein wenig nach und als er schließlich zufrieden war, begann auch er sich zu entkleiden.

Seine Kleider legte er über einen Stuhl. Er kam in das Blickfeld der Kamera und strich leicht über meinen Körper. Dann zog er sich wieder zurück und verließ den Raum.

Es dauerte nicht lange und er stellte eine große Sporttasche neben den Tisch, der mich fest in den Fesseln hielt. Endlich kletterte er zu mir, küsste meinen

Bauch, meine Brustwarzen, meine geblähten Backen und begann sein teuflisches Spiel.

Zunächst spielte er mit den Händen an meinen Schamlippen, zog sie auseinander und presste sie zusammen, dann schließlich drang er mit seinen großen Fingern in mich ein. Mit je einem in je eine Öffnung. Nach kurzer Zeit folgte bereits der zweite Finger. Wegen des Knebels drang nur ein Röcheln an seine Ohren, doch ich glaube, das reichte ihm. Im Gegenteil, ich glaube die Geräusche, die ich mit dem Knebel zu produzieren imstande war, erregten ihn zusehends.

Ich wand meinen Unterleib unter den wohligen Schauern, die seine vier Finger in mir verursachten.

Nach einiger Zeit, die er mich so befriedigte, ließ er ab von mir und kletterte wieder vom Tisch herunter. Aus der Tasche förderte er ein paar weitere Seile zutage und einen silbernen Vibrator. Letzteren schaltete er ein und liebkoste damit meine Brüste. Das Summen und die Vibrationen führten schnell zu einem deutlichen Ergebnis.

Meine Knospen richteten sich auf und schon spürte ich die Sehnsucht nach seinem Schwanz in mir.

Der Vibrator wanderte tiefer und summte schließlich meine Schenkel entlang, unter meiner Kniekehle verweilte er kurz und sendete merkwürdig prickelnde, warme Schauer hinauf zu mir.

Als mein Herr das vibrierende Lustobjekt endlich zu meiner Muschi führte, zog er meine Schamlippen beiseite und legte meine wertvollste Frucht frei.

Ganz vorsichtig näherte er sich mit der vibrierenden Spitze. Als das summende Ding dort aufsetzte, durchfuhr es mich wie ein Blitz. Mein spitzer Aufschrei wurde von dem prall gefüllten Gummi in meinem Mund erstickt.

Aber er gönnte mir diesen Spaß nur kurz. Schon schaltete er den Freudenspender aus und drang damit in meinen Hintern ein. Als Gleitmittel setzte er meinen eigenen Lustsaft ein, der inzwischen regelrecht in Strömen floss.

Er schob und schob und in jenem Moment wusste ich nicht, ob ich mich ihm entgegenwinden sollte oder ob der Eindringling verschwinden sollte. In meinem Unterleib mischten sich die verschiedensten Gefühle: Lust, der Drang, auf Toilette gehen zu müssen sowie meine devote Ader und meine Bestimmung, alles mit mir geschehen zu lassen.

Als der silberne Finger gut, tief und sicher in meinem Arsch platziert war, schaltete er ihn wieder ein.

Das Gefühl war wunderbar. Die Lust stieg in mir auf und gewann die Überhand über all die anderen Emotionen. Langsamer und von einer anderen Seite, als ich es die meiste Zeit gewohnt war, aber sie kam gewaltig.

Auf dem Plasmabildschirm konnte ich sehen, was ich bereits fühlte: Er steckte tief in mir! Sehr tief, es sah beinahe so aus, als würde er in mir verschwinden.

In der Ferne wähnte ich unglaubliche Lustwogen, die sich auf mein Zentrum zu bewegten; eine Kraft, die meinen Geist hinfortreißen konnte.

Ich hatte mich einen Moment in meiner Lust vergessen, da war er wieder über mir. Er hatte die Seile in der Hand, fädelte eines unter meinem Rücken durch und zog es unter meinen Brüsten fest, eine weitere Schlinge legte er oberhalb. Noch lagen sie leicht und deuteten nur an, was passieren sollte.

Ich sah die Knoten und die Arbeit am Bildschirm, verfolgte sein Werk und spürte plötzlich ein Paar Seile in meinem Schritt. Jetzt begriff ich den Sinn dieser Konstruktion. Neben dem Abbinden meiner Brüste würden die Seile den Vibrator fest in meinem Hintern halten. Gleichzeitig drückte das Seilwerk meinen Hintern nach oben, sodass ich ihm einen besseren Eingang bot. Als er wieder über mir war, blies er den Knebel noch weiter auf, grinste und zog an den Seilenden, die er in den Händen hielt.

In diesem Moment zogen sich die Schlingen um meine Brüste zusammen, schnürten sie ein und richteten sie prall nach oben. Er blickte mir fest in die Augen, suchte nach Anzeichen, die ihn stoppen könnten, doch er sah keine. Und das ist die Wahrheit. Nie wäre ich in diesem Moment darauf gekommen, mich zu wehren. Obgleich die Situation bei objektiver Betrachtung alles andere als vertraut und behütend wirkt. Ich lag unter ihm im Konferenzzimmer unserer Arbeitsstelle, die drei Fensterseiten des Raumes gesäumt von zahlreichen erleuchteten Fenstern. Dazu filmten die Kameras meine Reaktionen auf dieses Spiel. Ich lag gefesselt und geknebelt, zudem völlig nackt auf einem Tisch und trotz fortgeschrittener Stunde bestand die Möglichkeit, dass jeden Moment jemand kam. Ich fühlte mich so wohl.

Das stetige Summen des Vibrators schickte immer neue Signale an mein Gehirn und erregte mich in einem fort, die abgebundenen Brüste steigerten das Ge-

fühl des Ausgeliefertseins und taten so ein Übriges, meine Lust in neue Sphären zu hieven. Fast bekam ich Angst vor dieser nahezu unmenschlichen Wollust, die von mir Besitz ergriff.

Am Bildschirm konnte ich sehen, wie meine Brüste fest verknotet, steil und tiefrot von meinem Körper abstanden. Da ich selbst ein Freund der Weiblichkeit bin, erregte mich dieser Anblick nochmals und als mein Herr und Gebieter schließlich begann in meine Brüste zu beißen, konnte ich mich nicht mehr beherrschen.

Trotz meines Knebels stöhnte ich laut auf, bewegte meinen Unterleib hin und her, um die Lust weiter zu steigern, was mir leider kaum gelang, da ich in meiner Bewegungsfreiheit stark eingeschränkt war.

Seine Hände glitten über mein Gesicht, meine Schenkel, meine Arme und liebkosten meinen gebundenen Körper, während sein Mund meinen Busen leckte, kniff, saugte, biss, küsste und sanft umspielte. Ich genoss sein Spiel und genoss das Gefühl, als meine Brüste Schmerz in mein Gehirn sendeten. Das mag merkwürdig klingen, aber in diesen Momenten verschmolzen die verschiedensten Gefühle zu einem einzigen: Lust.

Er öffnete plötzlich meinen Knebel und ersetzte ihn durch sein Glied. Nie hätte ich für möglich gehalten, welche Lust in mir schlummern könnte. Begierig schlossen sich meine Lippen um seinen Schwanz, um ihm zu gefallen, nur unterbrochen von meinem Stöhnen, das ich zu diesem Zeitpunkt schon nicht mehr zu kontrollieren vermochte. Er saß verkehrt herum auf mir, bereit auch mein Geschlecht zu lecken, aber er tat es nicht.

Er stützte sich auf meine tiefroten Brüste und ließ mich meine Aufgabe vollbringen.

Ich sah seine Rosette, seine Hoden, wie sie knapp über meinem Gesicht hingen, der ganze Körper wunderbar enthaart und gefüllt mit diesem kostbaren Saft.

Verlassen von jeglicher Vernunft, die einem jungen Mädchen in meinem Alter innewohnen sollte, versuchte ich ihn näher an mich heranzuziehen. Als er meinem Verlangen ein wenig nachgab, konnte ich seinen Hintereingang mit der Zunge ertasten.

Als meine Zungenspitze auf diesen Muskel traf, brachen in mir Dämme der Keuschheit, Palisaden der Zurückhaltung, die Flut der Gier und Geilheit machten mich Dinge tun, die selbst vor wenigen Stunden noch jenseits aller Vorstellung gewesen waren.

Ich hörte, dass auch er es genoss und so gab er mir ein wenig mehr, senkte seinen Körper tiefer auf mich herab. Meine Zunge spielte an seinem Muskel und nach einer kurzen Zeit der Orientierung wagte ich in meinen Gebieter einzudringen. Der Widerstand seines Körpers war nur eine natürliche Reaktion. Schon kurz darauf öffnete er sich mir und setzte sich beinahe mit seinem ganzen Gewicht auf mein Gesicht, während meine Zunge das erste Mal das Innere eines Mannes erforschte. Das Atmen fiel mit schwer, aber in den ersten Sekunden machte ich mir darüber keine Gedanken. Wie er es schon bei mir getan hatte, so drang auch ich immer weiter in ihn ein, meiner Geilheit folgend.

Ich spürte, wie sein Muskel pulsierte und sich bewegte, als küsste er mich leidenschaftlich. Kurz bevor ich keine Luft mehr hatte, hob er sich etwas und ließ mir genug Zeit für einen eiligen Atemzug, ehe er sich wieder auf mir niederließ.

Immer wieder wurde meine Zunge ein wenig zurückgewiesen, aber ich blieb standhaft und genoss diese neue Spielart.

Er zog an den Seilen, die den Vibrator an seinem Platz hielten, und zwang ihn so noch tiefer in mich hinein. Ich stöhnte laut auf und musste kurz von ihm ablassen. Er selbst schien meinen Anblick zu genießen und mit der Hand brachte er sich schließlich zum Höhepunkt.

Er spritzte seinen Samen über meinen Bauch. Den noch feuchten und halb erigierten Schwanz bot er mir sogleich wieder an und willig nahm ich ihn auf in meinem Mund.

Ohne an diesem Abend jemals mehr als seine Finger in meiner Muschi gespürt zu haben, übermannte mich nach einer Zeit, deren Länge ich nicht bestimmen konnte, ein Orgasmus, der alles da Gewesene in ungekanntem Maßstab übertraf.

Ich schrie und stöhnte laut auf, meine Hände ballten sich zu Fäusten, ich kniff meine Augen zusammen, spürte die befreiende Enge der Fesselung so intensiv, als würden sie nicht meinen Körper, sondern meine Seele in Ketten legen.

Und ich spürte die harte Unterlage des Tisches im Konferenzzimmer meiner Arbeitsstelle.

Mein wollüstiger Arsch schüttelte sich, denn obwohl der Höhepunkt erreicht war, das Summen des Vibrators verstummte nicht, sondern trug mich in diesem Orkan der Lust weiter und weiter fort von dem, was ich einst gewesen bin. Immer weiter, immer höher. Und irgendwann begann mein Herr und Meister von Neuem meine Klit zu streicheln. Anfangs ganz sanft, doch dann hart und unnachgiebig.

Der Orgasmus wurde schmerzhaft. Ich fühlte mich wie Ikarus auf dem Weg zur Sonne. Und meine Flügel schmolzen ...

Irgendwann brach in mir eine letzte Schranke und ich fühlte, wie ich mich erleichterte, meinen Natursekt nicht mehr halten konnte, einfach lospisste, pinkelte, den goldenen Saft von mir gab. Ich konnte einfach nicht mehr.

Es war mir egal, ich wollte nur, dass dieser Höhepunkt nie verging!

Durch einen Schleier hindurch bemerkte ich eine massierende Bewegung auf meinem Bauch. Das Summen des Vibrators verstummte und mein Arsch fühlte sich mit einem Mal so leer an ... so ungeliebt.

Als ich nach einer Unendlichkeit der Ekstase meine Augen langsam öffnete, erblickte ich ihn, wie er meinen Urin auf mir verteilte, diesen Saft meiner Selbst. Diesen Schmutz, dieses warme Nass. Er rieb meinen Bauch damit ein, meine Brüste und meine Schenkel.

Er kam über mich, als er bemerkte, dass ich wieder bei Sinnen war. Er legte seinen Kopf in die Seite und schien mich necken zu wollen.

Willig öffnete ich den Mund und er tropfte mein salziges Nass auf meine Zunge.

Mit seinen nassen Fingern strich er mir über die Lippen, bis ich gierig und überglücklich aus eigener Kraft daran zu lecken begann.

Ich dachte in diesem Moment nichts, ich genoss. Damit möchte ich nicht sagen, dass ich nicht bei Sinnen war, aber mein Herr hatte mir gezeigt, dass es so vieles gibt, was Lust bereiten kann, dass ich nicht zögerte auch diesen Weg mit ihm einzuschlagen. Der Geschmack war bitter, salzig, unangenehm ... aber er war geil.

Ich tat etwas Verbotenes, etwas, das tabu war in unserer Gesellschaft. Ich lag in meiner Pisse, trank und leckte daran und genoss den Ekelschauer, der mir über den Körper kroch. Mein Meister sagte mir zu anderer Stunde, dass der Mensch, ganz ähnlich dem Pawlow'schen Hund, sehr einfach auf verschiedene Dinge konditioniert werden könnte. Und er bewies es mir. Ich war sein Versuchskaninchen.

Inzwischen werde ich wirklich feucht, wenn ich seinen Urin rieche! Wenn ich ein bestimmtes Bettlaken sehe oder das Lied meiner ersten Auspeitschung höre.

Mit ein paar Handgriffen öffnete er meine Fesseln an den Händen und im gleichen Augenblick sank er zu mir hinab, um mich mit einem innigen Kuss zu schmecken. Wir kosteten beide das Nass, den edlen Quell meiner Lenden und meine befreiten Hände klammerten sich an ihn.

Nie wieder würde ich ihn hergeben. Ich wollte für immer bei ihm sein. Es war mein Wille!

Diese Willensäußerung sollte nicht meine letzte Verfehlung gewesen sein, doch ich bereue sie nicht, denn dieser Abend im Konferenzsaal meiner Firma sollte mich für immer verändern.

Und jedes Mal, wenn ich nun an einer Besprechung teilnahm, kam ich nicht umhin, mir diese Nacht ins Gedächtnis zu rufen. Ich saß dann zwischen den Herren und Damen in Anzügen und Kostümen, starrte auf die Unterlagen auf dem Tisch und musste doch nur an ihn, meinen Herrn, und an meine endlose Geilheit denken.

Und nur zu gerne sehe ich das wunderbare Video, dass er schließlich daraus gefertigt hat.

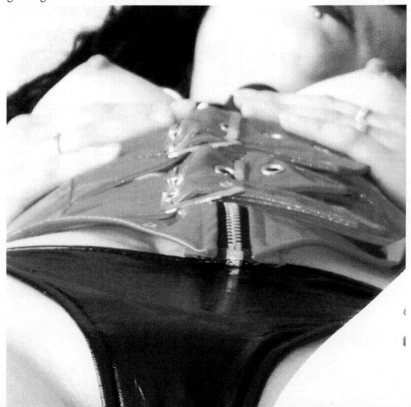

Die Lust am Träumen

Ich sprach von Veränderungen. Von Dingen, die einmal als feste Punkte in meinem Leben galten und dann plötzlich wie Nichtigkeiten im unendlichen Ozean meines Lebens aussahen. Es hat sich in so kurzer Zeit so vieles verändert, kaum kann ich alles fassen.

Die Art zu träumen hat sich verändert. Es ist beinahe so, als hätte er mir sogar die Macht über meine Träume entzogen.

Am Anfang waren es nur Kleinigkeiten, die sich aber mittlerweile zu einer Machtlosigkeit gesteigert haben, die für jemanden, der auf diese Weise zu träumen nicht im Stande ist, unwirklich erscheint.

Es grenzt an Hexerei und ich weiß bis heute nicht, wie er es geschehen ließ. Ich träume in der dritten Person. Ich sehe mich und ich sehe, wie ich gedemütigt werde. Wenn mehrere Männer und Frauen mich missbrauchen, wenn ich in meinen Arsch gefickt werde oder wenn eifersüchtige Frauen (meist Bekannte aus meiner Schulklasse oder von der Arbeit) mir Gegenstände wie Flaschen oder Orangen in meine Körperöffnungen stecken.

Ich stehe am Pranger und lasse mich geißeln, meine Brüste werden von Unbekannten abgebunden und hernach ergießt sich flüssiges Kerzenwachs über meine steilaufragenden Nippel.

Die Träume steigerten sich mit der Zeit. Meiner Meinung nach hat das mit meinem jetzigen Leben zu tun. Mein Herr und Meister ließ mich zu Beginn unserer Beziehung einen Fragebogen ausfüllen und befragte mich dazu auch noch. Wie er mir versicherte, ging es ihm darum, meine Grenzen zu markieren und diese dann Stück für Stück einzureißen. Ich antwortete anfangs nur zögerlich, doch mit der Zeit machte es mir nichts mehr, über meine Wünsche, meine Sehnsüchte und meine Möglichkeiten, über Titten, Ärsche und Schwänze, über Analdehnung, Klinikspiele, Bondage und vieles mehr zu sprechen. Auch hier ergriff die Unreinheit von mir Besitz.

Auch er erzählte mir, was er in mir sah. Er malte mit seinen Worten ein Bild von mir in einer nicht allzu fernen Zukunft. Er sah mich als seine Puppe, als sein Spielzeug. Ohne eigenen Willen und bereit auch größere Veränderungen an sich vornehmen zu lassen, um den hohen Ansprüchen gerecht zu werden.

Verglichen mit anderen Frauen waren meine Grenzen deutlich hinter dem kartografierten und von jedermann und jederfrau erforschten Land.

Aber mein Meister meinte, das sei nur der erste Schritt auf dem Weg in das Unbekannte. In den schillernsten Farben erzählte er von Szenarien, die schon bald Wirklichkeit werden sollten für mich.

Und diese Grenzen, die es im wahren Leben vor dem Spiegel einzureißen galt, brechen auch in meinen Träumen.

Einer meiner intensivsten Träume, gerade weil er das Bersten all meiner Schutzwälle so überdeutlich präsentiert, war jener:

Ich träumte, dass mich mein Meister spazieren führte. Ich trug das Halsband und daran die Leine.

An meinen Brüsten und Schamlippen hingen Gewichte, die mit Klammern befestigt waren. Ansonsten war ich nackt. Wir gingen durch den Park zur Mittagsstunde und begegneten vielen Leuten. Die Männer wie auch die Frauen starrten mich an und erfreuten sich an meiner Erniedrigung. Darunter befand sich auch meine Kollegin aus der Arbeit, Carolin. Als sie mich erblickte, stand sie gerade mit einigen anderen Arbeitskollegen zusammen, die Zigarette locker zwischen Zeige und Mittelfinger geklemmt.

Sie löste sich aus der Gruppe und kam auf uns zu, begrüßte meinen Meister und bückte sich dann zu mir hinunter. Mit der flachen Hand schlug sie mir lächelnd auf den Hintern und ging um mich herum. Sie musterte mich. Griff mir hart an die Brüste und zwischen die Beine.

Ich sei ein schönes Tier, sagte sie, an meinen Meister gewandt. Mit ihren schönen, zartgliedrigen Fingern glitt sie mir nochmals zwischen die Beine und stellte erstaunt fest, dass ich wohl rollig und geil sei.

In der Tat, ich war sehr feucht, so feucht, dass ich spürte, wie ich auf den Boden tropfte.

Carolin zog an der Zigarette und ließ die Asche auf meinen Hintern fallen.

Der heiße, kurze Schmerz ließ mich erschaudern. Sie zog noch einmal genüsslich, dann drückte sie die Zigarette an meiner rechten Brust aus und lachte, da ich keinen Widerstand leistete.

Sie wechselte noch ein paar Worte mit meinem Herrn und nahm dann meine Leine. Daran zog sie mich hinter sich her zu meinen, unseren Arbeitskollegen. Diese freuten sich sichtlich über meine devote Haltung und begannen derbe Scherze über mich zu reißen. Sie schlugen mir auf den Arsch, zogen an meinen Brüsten und schon kurze Zeit später hatte Caro mich mit der Leine angebunden. Dabei verwendete sie einen ganz gemeinen Trick. Sie schlang das Leder erst um meine Hände und knotete es dann an einen Laternenpfahl. Auf diese Weise meiner Vorderpfoten beraubt, lag ich mit meinem Gesicht im Dreck, während sich die Meute meiner Kollegen über mich hermachte.

In jenem Moment erwachte ich.

Durch Hingabe erlangte ich einen sexuellen Horizont, der den meisten fremd ist. Die Freiheit zu besitzen, ohne Rücksicht auf Stand, eigenen Besitz oder Meinung von anderen, alles mit sich geschehen zu lassen, ist eine besondere Art der Freiheit, die ich genießen darf.

Latex und die Verwandlung

Ich will dich! So einfach diese Worte klingen, es waren die wichtigsten Worte, die ich jemals aus dem Mund eines Partners vernommen habe. Doch wie er sie sagte, bekamen die gleichen Worte, die identischen Silben einen völlig neuen Charakter.

Er wollte, dass ich meiner wahren Natur folgte, ihm gehörte und mein selbstbestimmtes, mein eigenes, mein früheres Leben aufgab, mich ganz ihm hingab, ohne Vorbehalte.

Anfangs bezeichnete er mich stets als Raupe auf dem Weg in die Verpuppung. Auf dem Weg in die Freiheit der Unmündigkeit.

In verschiedenen philosophischen Schriften heißt es, die Unmündigkeit sei kein Schicksal, vielmehr sei sie selbstverschuldet. Ja! Aber ist es nicht meine Freiheit, über mein Schicksal zu entscheiden? Wenn ich mich in die Unmündigkeit begebe, tue ich dies, um die wahre Freiheit zu erlangen.

In meiner selbstgewählten und von fremder Hand geschaffenen Unmündigkeit gibt es keine Grenzen mehr, denn mein Wille existiert nicht mehr. Ich gehe dorthin, wo meines Meisters Wille mich sehen will.

Mein eigenes Begehren existiert nun nicht mehr ... hier muss ich gestehen, bin ich noch nicht absolut perfekt, denn ich begehre meinen Meister.

Ich begehre ihn aus Dankbarkeit, dass er mich aus dem Gefängnis meiner gewöhnlichen Existenz geführt hat.

Anfangs habe ich noch gearbeitet und bin einer gewöhnlichen Tätigkeit nachgegangen. Doch ließ mein Leben dies eines Tages nicht mehr zu. So begab ich mich alsbald auch in dieser Hinsicht in die Fänge meines Meisters.

Zu der Zeit, da ich noch einer regelmäßigen Tätigkeit nachging, bereitete es ihm Freude mich in vertrackte Situationen zu bringen.

Sein Fetisch für Latex brachte mich schon in so manch prekäre Lage. Er schenkte mir einen Catsuit aus transparentem Latex, ein wunderschönes Kleidungsstück, doch für mich sollte es mehr als nur Kleidung sein.

Meine neue zweite Haut, so stellte er es mir vor. Die Füße waren frei, ebenso Hände und der Kopf. Der Rest wurde von diesem dünnen Film aus Gummi umschlossen. Ein DreiWegeReißverschluss machte den Einstieg leicht, doch ein Schloss meines Meisters machte ein Entkommen nahezu unmöglich.

Es ging durch die Ösen aller drei Reißverschlüsse und verwehrte mir so das selbstständige Entledigen meiner Haut.

An dem Tag, da ich diese neue Haut erhielt, ging er mit mir spazieren. Ich trug den Catsuit und darüber einen Hosenanzug und einen Mantel. So würde niemand erfahren, was für ein Geheimnis sich auf meiner Haut verbarg. So dachte ich zumindest.

Gemeinsam fuhren wir in den nahe gelegenen Wald.

Hier hatte ich schon große Teile meiner Kindheit verbracht, spielend und nacktbadend in einem kleinen Weiher.

Aus Erfahrung wussten wir, dass es hier relativ ruhig war. So gehorchte ich auch, als mein Meister mir befahl, mich bis auf meinen Catsuit zu entkleiden. Er legte mir eine Leine an und führte mich daran spazieren.

Es war ein überaus erregendes Gefühl und durch das transparente Latex blieb es meinem Meister auch nicht verborgen. Neben dem Schweiß sammelte sich in meinem Schritt noch ein anderer Saft.

Lächelnd legte er mir Handschellen an und schränkte so meine Bewegungsfreiheit immer mehr ein. Kurz darauf folgten ein Knebel und schließlich noch eine Augenbinde.

Nun war ich wirklich ganz auf meinen Herrn angewiesen. Ich muss gestehen, dass ich ihm stets vertraute. Ich hatte keine Angst. Aber das soll nicht darüber hinwegtäuschen, dass es ein besonders Gefühl war, beinahe nackt, blind und gefesselt in einem kleinen Wäldchen zu stehen. Ein wirklich erregender Gedanke. Zu jeder Zeit könnte uns jemand entdecken, aber ich würde es nicht einmal sehen.

Ein solches tiefes Vertrauen hatte ich zuvor in noch keiner anderen Beziehung. Aber es war zuvor auch nicht notwendig gewesen. In einer gewöhnlichen Beziehung vertraut man darauf, dass der andere nicht fremdgeht, einem die richtige Sorte Schokolade mitbringt oder pünktlich nach Hause kommt ...

Als Sklavin ist das etwas anderes. Ich vertraue ihm, dass er nur das mit mir tut, was er will. Und ich vertraue ihm, dass er mich als sein Spielzeug sieht und dass dieses Spielzeug nicht kaputt gehen soll.

Nun, da ich gefesselt und geknebelt, nur mit einem Latexanzug bekleidet, im Wald stand, die Augen verbunden, war das Vertrauen wichtig.

Seine Hände berührten mich immer wieder an den Brüsten, im Schritt, strichen über meine Arme und Beine und das hautenge Material machte die Berührung so intensiv, dass mir wohlige Schauer über den Rücken krochen. Selbst der Wind mit seiner Brise erregte mich, wenn er über meine zweite Haut fuhr.

Von da an machten wir solche Spaziergänge öfter. Manchmal führten sie auch zum Sex, manchmal spielte er nur mit mir. Ich fühlte zu dieser Zeit eine Geborgenheit, die mir eine gewöhnliche Beziehung zu geben nicht imstande war.

Aus dem anfänglichen Zwang, sich hinzugeben, wurde bereits nach kurzer Zeit ein Verhältnis der Vertrautheit, das seinesgleichen sucht.

Blind, stumm und taub, in meiner Bewegung eingeschränkt, gefesselt, in der Öffentlichkeit oder privat weiß ich zu jeder Zeit, er ist ganz und gar da für mich. Ich bin sein liebstes Spielzeug. Ich bin seine Sklavin und macht ihn das nicht auf eine Weise sogar abhängig von mir?

Ich bin frei von Verantwortung, frei von all dem, was das Leben oft so schwer macht. Und nun schält mein Partner mich aus der Verantwortung der Gesellschaft gegenüber. Keine gesellschaftlich verordneten Zwänge mehr, keine Scheu mehr vor der Öffentlichkeit.

Ich bin, was ich bin, ein Objekt aus Fleisch und Blut, ein Objekt der Begierde und der Lust. Gibt es etwas Schöneres?

Als kleines Mädchen will man Ärztin werden, Mutter vielleicht oder Anwältin ... Wenn die Naivität weicht und man wagt, über den Rand des Normalen hinauszublicken, möchte man dann nicht einfach Objekt sein? Begehrt, vergöttert und immer für die schönen Momente im Leben gut.

Lust-Einkaufen

Die Lust sei tyrannisch, hatte Marquis de Sade einmal gesagt. Sie wolle kein Vergnügen schenken, sondern vielmehr sich selber ein Vergnügen bereiten.

Ich habe lange darüber nachgegrübelt, als ich seine schriftlichen Verbrechen verzehrte. Für den Sadisten mag dies eine Wahrheit sein, die sich in der Philosophie de Sades zu einem Teufelskreis ohne Ausweg formt, stets darauf aus, sich mehr Lust auf Kosten anderer zu verschaffen.

Mein Dasein wird aber erst durch die Lust meines Meisters gerechtfertigt. Ich erfahre Lust, wenn ich Lust bereite. Ich werde geil, wenn mein Herr Lust nach mir verspürt, wenn ich die Erektion unter seiner Hose sehe. Wenn er meine Grenzen sanft überschreitet und meine Person, meine Fixpunkte im Leben langsam, einen nach dem anderen, auslöscht, bis nur noch er da ist, im unendlichen Ozean der Sünde.

Müsste er keine Angst haben, dass ich auch ihn nicht mehr brauche? Dass ich völlig losgelöst einfach Sklavin sein kann. Sklavin ohne Besitzer. Eine Demütige des Lebens?

Aber dazu ist es noch ein weiter Weg. Er ist mein Herr und er macht mich zu einem neuen Wesen, einem neuen Menschen. Dem stelle ich mich nicht in den Weg, denn es war mein Wille und es ist nun seiner.

Jetzt, da ich nur noch seinen Willen kenne, bin ich auf dem Weg, den er für mich vorgesehen hat.

Noch zu Beginn dieser Reise sprach ich mit zwei guten Freundinnen darüber und sie waren regelrecht angewidert. Ob ich mich denn auch auspeitschen ließe. Wenn es meinem Meister gefällt, ja, antwortete ich. Und ob ich all seinen Befehlen Folge leisten würde, egal was er von mir verlange. Wieder antwortete ich mit ,ja' und war stolz auf mich, dass ich diese Antwort geben konnte.

Schockiert und bar jeden Verständnisses brachen sie den Kontakt zu mir ab.

Ich verstehe das bis heute nicht. Warum nur haben sie sich von mir abgewandt? Was ist so schlimm daran, seiner Sexualität freien Lauf zu lassen? Was, so frage ich mich, schmerzt mehr: Die Gerte auf dem Rücken und dem Hintern oder der Verlust zweier guter Freundinnen?

Warum befindet die Gesellschaft eigentlich einige Dinge für schmutzig oder obszön? Kann es etwas Schöneres geben, als ohne Hemmungen Sex zu haben. Ohne Angst, den Partner mit Wünschen zu überfordern oder ihm nicht das zu geben, was er sich wünscht?

Eine Klassenkammeradin sagte mir einmal, dass man dem Partner Heilige, Hure, Besitzerin und Sklavin sein muss. Nur wenn sich dies für den Partner erfülle, sei eine Beziehung perfekt.

Mittlerweile verstehe ich es und ich bin bestrebt, dies alles für meinen Meister zu sein. Ich bin es, die beschmutzte Heilige, ich bin seine dienstbare Hure, ich besitze zwar nichts, aber wenn er in mir ist, dann gehört er zu mir, wird ein Teil von mir, beziehungsweise ich werde mit ihm zu etwas Neuem. Und seine Sklavin bin ich mit Hingabe, Dankbarkeit und nie versiegender Lust.

Seine Vorlieben sind so vielfältig und ungewöhnlich, dass mich beinahe jeden Tag etwas Neues erwartet. Aber er weiß auch sehr genau, was ich mag und er scheint hin und wieder Gefallen daran zu finden auch mich in Lust vergehen zu sehen.

Was er besonders mag, ist, mich in der Öffentlichkeit geil zu machen. Alle nur erdenklichen Mittel sind ihm recht, um mich zu reizen. Er lässt mir nur zwei Möglichkeiten: Mich in der Öffentlichkeit zu befriedigen, also mit ihm zu ficken oder aber in meinem eigenen Saft schmorend abzuwarten, bis wir endlich ungestört sind.

Eines Tages wollten wir gemeinsam zum Einkaufen fahren, als er mir einen großen, schwarzen Analstöpsel präsentierte. Mit den Worten, er würde mir jetzt meinen Arsch dehnen, bedeutete er mir, diese Einkaufsfahrt würde ungewöhnlich werden!

Ich musste mich bücken und er bugsierte das schwarze Gummiding in meinen Hintern. Mittlerweile nahm ich seinen Penis schon schmatzend in mich auf und ich konnte nicht sagen, wo es schöner war, aber dieser Dildo bereitete mir doch Schwierigkeiten.

Mit Geduld und dem stetigen Druck meines Herrn verschwand schließlich das dicke Teil in mir und um den dünneren Schaft legte sich dankbar meine gedehnte Rosette.

Mit einem Halteband fixierte er den Fremdkörper in mir. So stand ich dann vor ihm, mit diesem Pfahl in meinem Darm. Dann legte ich mein Sommerkleid ab und befolgte seine Kleideranweisungen für diesen Ausflug.

Ich zog meine Unterwäsche aus Latex an, dann Strümpfe und Unterrock sowie ein knappes Oberteil, alles aus diesem seltsam glänzenden und so wunderbar intimen Material. Alles war in einer leuchtend roten Farbe. Schließlich kam ein wunderbar ausladendes Kleid, das meine Formen betonte und mich mehr präsentierte als verhüllte. Alles was ich trug, bestand aus diesem einen Material, in dem mich mein Herr so gerne sieht.

Seit geraumer Zeit konnte ich mich bereits daran gewöhnen diese Kleidung zu tragen und ich gestehe, es war mir nie unangenehm. Gerne begleitete ich ihn so gekleidet zu den unterschiedlichsten Anlässen, jedoch war der Eindringling neu und nahm mir ein großes Maß an Sicherheit. Er war so groß. Es fühlte sich an, als wäre er weithin sichtbar, denn ein solches Ungetüm kann kaum ungesehen in einem Frauenkörper verschwinden, ohne sichtbare Spuren zu hinterlassen.

Auch das Gehen fiel mir schwer, da ich jeden Moment spürte, wie mein Hinterteil sich des Fremdkörpers zu entledigen versuchte.

Es war wie der alles überwältigende Gedanke auf Toilette zu müssen. Nur dass ich nicht konnte. Mein Schließmuskel klammerte sich um den verjüngten Schaft und presste dadurch das Ungetüm nur noch weiter in mich hinein.

Mein Meister ließ mich ein wenig auf und ab laufen, um ein Gefühl für den Eindringling zu bekommen. Mit einem zufriedenen Grinsen beobachtete er, wie mir das Bücken sichtlich schwer fiel und gleichzeitig Lust bereitete, da der Haltegurt mir den Dildo beim Bücken tief hineinrammte.

Er strich über meinen Körper, fand unter all dem Latex meine Brustwarzen und kniff sie hart, während er mich küsste. Auf die Frage, ob ich geil sei, antwortete ich ihm wahrheitsgemäß: Ja, Herr.

Mittlerweile trage ich beinahe ständig einen solchen Freund. Es ist mir zur Gewohnheit geworden. Er ist auch deutlich größer, als jener Zwerg von damals, aber so wie sich mein Fassungsvermögen änderte, so änderte sich auch mein Leben. Und allein die Tatsache, dass es sich verändert hat, ist grandios. Die Richtung, in die es sich verändert, ist wie das Leben in einem Traum.

Als seien die Menschen kleine Raupen, die auf ihrem Blatt sitzen und ihre Lebensgrundlage aufzehren, so wurde ich schließlich zum Schmetterling der unendlichen Schönheit, indem ich im Tun, im Leid für meinen Meister aufgehe.

Als wir damals im Einkaufszentrum ankamen, war mir doch etwas unbehaglich zumute. Das Tragen extravaganter Kleidung wird in der heutigen Zeit zwar beachtet, ist aber nichts, an dem man noch Anstand nimmt.

Aber ich trug einen Fremdkörper in mir, in meinem, wie mein Herr so nett sagt, rückwärtigen Fickloch. Was würde passieren, wenn er wieder hinausrutschte? Als wir an einem Schaufenster vorbei kamen und ich mich darin sah, wurde mir sofort klar, dass jeder auf der Stelle wissen müsste, was in mir vorginge!

Ich ging unnatürlich, den Hintern stark herausgestreckt, beinahe auf Zehenspitzen, um den Druck etwas zu mindern.

Die Leute, die an uns vorbei gingen, sahen mich halb staunend, halb musternd an. Die Männer meist vergnügt, die Frauen auch mal empört. Und ich schwöre, ohne diesen riesigen Dildo in mir, ich hätte die Blicke genossen.

Mein Herr schien meine Situation zu lieben. Er küsste mich leidenschaftlich und suchte zahlreiche Gründe, um am Schaft meines Pfahls zu spielen, an ihm zu ziehen oder ihn weiter hineinzudrücken.

Auch ließ er sich beim Einkaufen viel Zeit und genoss die Stunden im Einkaufszentrum richtig.

Das Spiel war solange ein Spiel, bis er mir schließlich befahl ihn unter mein Kleid zu lassen. Er verschwand darunter und erkämpfte sich seinen Weg zu meiner feuchten Mitte.

So stand ich mitten im Supermarkt, während mein Meister Gefallen daran fand mich zu befriedigen.

Die Blicke der vorbeigehenden Leute jagten mir zusätzlich einen Schauer über den Rücken, sahen sie doch, dass sich etwas oder jemand unter meinem Kleid bewegte.

Habe ich schon erwähnt, dass ich beim Sex selten still bin? Es waren für mich höllische Wonnen, himmlische Qualen und als mich der Höhepunkt beinahe in die Knie zwang, erschien mein Herr wieder, völlig verschwitzt, stand auf und küsste mich lachend. So schmeckte ich mich selber, meinen Saft, schmeckte meine Lust, mein Verlangen nach immer neuen Schandtaten, nach mehr, nach meinem Herren.

Das Verlangen und die Lust sind mir geblieben, allein vom Willen habe ich mich verabschiedet. Das ist noch nicht die perfekte Sklavin, ich bin unvollkommen, das ist mir bewusst, aber ich spüre, dass meinem Meister diese Unvollkommenheit sehr zu gefallen scheint.

Der Tag der Unreinheit

Früh am Morgen erwachte ich. Zu diesem Zeitpunkt ahnte ich noch nicht, dass es ein besonderer Tag werden würde.

Mein Gebieter hatte vor einiger Zeit begonnen mir Aufträge zu erteilen, die ich zu erfüllen hatte. So erwachte ich heute Morgen in einer Gummihose mit zwei Gummischwänzen, die in meinen Öffnungen die ganze Nacht verweilt hatten.

Dementsprechend wild hatten sich meine Träume gestaltet und eine erotische Phantasie hatte die nächste in ihrer Abgründigkeit übertroffen.

Ich kletterte aus meinem Bett und verschwand, von meinen Eltern ungesehen, in der Dusche. Dort entledigte ich mich dieser Lusthose und wusch mich. Obgleich ich mich bereits seit einiger Zeit im Besitz meines Herrn und Meisters befand, lebten wir noch nicht zusammen. Gewiss verbringe ich mittlerweile mehr Nächte bei ihm, aber ab und an ist eine Nacht im heimischen Bett auch nicht verkehrt.

Vor allem, wenn mein Meister sie für seine Aufgaben benutzen kann.

Zwei Stunden später traf ich meinen Gebieter und er verlangte Rapport. Also erzählte ich ihm in allen Einzelheiten von den Gefühlen der Nacht.

Er hörte sich alles mit stoischer Ruhe an und als ich ihm alles berichtet hatte, teilte er mir die Aufgabe für diesen Tag mit. Ein Verbot, ohne ihn oder seine ausdrückliche Erlaubnis die Toilette aufzusuchen.

Er kontrollierte meine Kleidung, die ich für die Arbeit im Büro trug, wie nun schon seit Längerem. Unterwäsche aus Latex, im Schritt offen und darüber einen einfachen, kurzen Rock, sofern ich keine Latexstrümpfe tragen musste.

Er war zufrieden und schickte mich zur Arbeit. Nochmals wiederholte er seine Aufgabe, fügte dieses Mal jedoch hinzu, dass er auf meinem Schreibtisch etwas zu trinken platziert hätte. Bis zur Mittagsstunde sollte alles ausgetrunken sein.

Es stellte sich heraus, dass es sich um zwei Liter harnfördernden Tee handelte. Ich setzte die Flasche an und trank gleich zu Beginn so viel ich konnte.

Um die Mittagsstunde waren beide Flaschen leer, jedoch konnte ich kaum ruhig auf meinem Stuhl sitzen bleiben, da die Blase so extrem drückte. Aber ich hatte meinem Meister versprochen meine Aufgabe zu erfüllen und so wartete ich, bis er kam, um mich abzuholen für die Mittagspause.

Ich versuchte mich durch die Arbeit abzulenken, aber ich ertappte mich mehrmals in der Minute, dass ich sehnsüchtig zur Uhr schielte. Der Druck wurde immer größer und bald machte mir das Sitzen schon Probleme. Ich begann im Zimmer etwas auf und ab zu gehen, um meine Blase zu entlasten, aber mittlerweile half nichts mehr! Ich musste aufs Klo! Pissen, pinkeln, Wasser lassen ...

Anstatt, wie sonst üblich, Punkt zwölf Uhr in der Bürotür zu stehen und mit mir dann nach Hause zu fahren, kam er beinahe eine Viertelstunde zu spät. Und dann fuhr er mit mir zunächst noch einkaufen!

Ich hielt es nicht mehr aus und begann zu betteln, unruhig, von einem Fuß auf den anderen tretend, flehte ich meinen Meister an mir doch Erleichterung zu verschaffen.

Er machte mir ein Angebot. Wenn ich mich hier im Baumarkt nackt ausziehen würde und nackt alle Dinge bezahlte, würde er mir sofort Erleichterung verschaffen. Wenn ich es nicht täte, könnte es noch nicht so schlimm sein.

In diesem Moment, muss ich gestehen, war ich feige, denn ich fühlte mich nicht in Stimmung und außerdem war es ja kein Befehl, sondern nur ein Angebot.

So fuhr er mit mir danach noch in ein weiteres Geschäft, ehe es endlich nach Hause ging.

Aber auch hier gönnte er mir noch nicht die erlösende Freiheit. Er nahm mich mit ins Schlafzimmer. Dort hatte er das Bett mit Lack und Latexbettwäsche zurechtgemacht.

An den Bettpfosten hingen noch die Vorrichtungen und Handschellen für eine schnelle und mühelose Fesselung.

Er zog mich auf das Bett und mit wenigen Handgriffen hatte er mich auch schon wieder bewegungsunfähig gemacht.

Er schob den Rock hoch und verschaffte sich so ungehinderten Zugang zu meinem Unterleib. Ich wehrte mich, denn der Harndrang war nun unglaublich groß. Das schien ihn jedoch nicht zu stören. Schließlich knebelte er mich mit einem Trichterknebel und verband mir die Augen, schnappte sich meine Beine und legte auch diese in Ketten.

Nun lag ich schon wieder so da, wie so oft, an Händen und Füßen gefesselt. Nur dass ich dieses Mal eine extrem volle Blase hatte.

Wollte er, dass ich einfach lospisse? Oder wollte er meine Willenskraft testen? Ich war mir nicht sicher, aber ich konnte es bereits ahnen.

Ich konnte ihn nicht mehr warnen, also pinkelte ich einfach los. Das Geräusch war aber nicht das erwartete. Statt auf ein Plastiklaken, plätscherte der Saft in eine Plastikschüssel, so klang es zumindest. Nachdem ich mir diese wunderbare Erleichterung verschafft hatte und glücklich in den mir schon vertrauten Fesseln lag, spürte ich plötzlich, wie sich die ersten Tropfen einer salzigen Flüssigkeit in meinen Mundraum verirrten.

Endlich nahm er mir wieder die Augenbinde ab. In seiner Hand hielt er die Schüssel mit meinem Urin. Eine kleine Kostprobe hatte er mir soeben durch den Schlauch gegeben, der in meinem Mund endete.

Noch einen kleinen Schluck schenkte er nach, stellte dann die Schüssel jedoch fort.

Ich hatte noch nie so richtig meinen eigenen Urin gekostet, schließlich genoss auch ich jene für die westliche Welt typische Erziehung, dass die Ausscheidungen eines Körpers unappetitlich sind.

Zwar nippte ich an meinem Sekt bereits bei der Episode im Konferenzraum meines Arbeitgebers, aber hier war ich in einer anderen Welt.

Auch wenn im ersten Moment der Ekel da war, muss ich auch hier gestehen, öffnete mein Meister mir die Augen. Es war ein salziges Erlebnis, ein unangenehmer Geschmack, aber die zarte Unternote und die Gewissheit, dass es mein eigener Saft war, es dreckig, schmutzig, verboten und pervers war, ließen meine Zunge kribbeln und ich wollte mehr.

Noch einen Schluck, ein paar Tropfen.

Ein Hauch der Angst überkam mich, denn für kurze Zeit befürchtete ich, er wollte mir meinen gesamten Blaseninhalt auf ein einziges Mal einflößen.

Stattdessen präsentierte er Wäscheklammern in seiner Hand. Sie waren aus Plastik und allesamt schwarz. Als er die erste an meine Unterlippe ansetzte, verstand ich ihren Zweck.

Der ersten folgte eine zweite und dritte, ebenso schmückte er meine Oberlippe mit drei Klammern und die Nase. Dann verschönerte er meine Ohren damit. Das leicht drückende Gefühl an der Stelle, wo die Klammer meine Haut festhielt, war neu, interessant, und der Schmerz war gerade von der Intensität zwischen unangenehm und sehr erregend.

Dann setzte er, zunächst ganz behutsam, eine geöffnete Wäscheklammer auf meiner Brust auf. Die beiden weit gespreizten Backen berührten bebendes Fleisch.

Wollte er diese Klammern wirklich meine Knospen beißen lassen?

Die Antwort gab er mir nur wenige Augenblicke später, als seine Hände das schwarze Plastikding zurückließen.

Ich hätte gerne aufgeschrien, aber der Knebel hinderte mich, wie schon so oft, daran. Ich bin laut beim Sex, aus diesem Grund verzichtet mein Herr auch nur selten auf dieses Accessoire.

Es folgten noch mehrere Klammern, die sich auf meinen Brüsten verteilten und einen singenden Schmerz hinterließen, der sich seltsamerweise nicht steigerte, aber eben auch nicht pulsierte, sondern immer gleich blieb. Das machte ihn so tückisch. So trug er dauerhaft zu meiner Lust bei.

Vielleicht werden das einige Leser nicht verstehen, wie der Schmerz überhaupt lustvoll sein kann. Dann aber ist wahrscheinlich auch die Lust an der Unterwerfung unverständlich.

Ich finde es einfach schön, wenn ich jemandem so sehr vertrauen kann, dass ich mir sicher sein kann, dass seine Taten auch meinen Erwartungen entsprechen ... solange ich noch Erwartungen habe.
Denn schließlich ist mein Ziel, beherrscht zu werden, ihm hörig zu sein und ihm zu gehören.

Angesprochen auf meine Beziehung zu ihm, kann ich sie als beinahe vollkommen umschreiben: Schmerzvoll und lustvoll zugleich, aber vor allem intensiv! Wie ein Feuer, das meinen Leib und meine Seele verzehrt!
Was kümmert mich das Morgen, solange das Feuer heute noch brennt und ich heute sein Spielzeug sein kann!

Der Schmerz, den er mir mit den Klammern bereitete, war so wohltuend. Ich genoss ihn, da er es war, der mir den Schmerz zufügte.
Nachdem er sich meinen Brüsten gewidmet hatte, rückten nun meine Schamlippen in den Focus seiner Bestrebungen, mich wieder einmal in einen orgiastischen Höhepunkt hineinzutreiben.
Er befestigte weitere Wäscheklammern an ihnen und dekorierte mich so nach seinen Vorstellungen.

Er wich zurück und betrachtete mich mit Genuss. Er goss mir einen kräftigen Schluck meines Urins durch den Schlauch. Ich hätte mich beinahe verschluckt.
Dann ließ er mich plötzlich alleine mit den Schmerzen. Es dauerte ungefähr eine Viertelstunde, bis er wieder kam.
Er hatte sich seiner gewöhnlichen Kleidung entledigt und trug eine Latexhose sowie ein Hemd aus dem gleichen Material. In seiner Hand hielt er eine Reitgerte. Heute solle ich ein Spiel mit ihm spielen, sagte er mir und ich sah das dämonische Funkeln in seinen Augen, dieses Feuer, das er mir so gerne beschrieb.

Auch er verleugnete einst seine suchende Seite, bis er sich dazu entschloss, sich lieber von den Flammen der Lust verzehren zu lassen, als auf kleiner Flamme vor sich hinzuköcheln!

Dieses Feuer sah ich und ich wusste, er will mir Schmerzen bereiten, meine Grenzen erneut ausloten und vielleicht sogar einen Eroberungsfeldzug gegen meine Widerstandsfähigkeit führen.

Der erste Schlag traf auf meinen Oberschenkel und die sengende Pein gesellte sich zum flirrenden Schmerz der Wäscheklammern.

Ich zuckte unwillkürlich zusammen und mir entfuhr ein kleiner, spitzer Schrei, der nur durch den Knebel gedämpft wurde.

Die Regeln, begann er mit unverhohlener Freude, lauten folgendermaßen: Für jeden Schrei, der mir während der Prozedur entweichen sollte, gäbe es einen Schluck meines eigenen Natursekts zu kosten. Bliebe ich still, würde der Schlag zählen und meine Folter verkürzen.

Sollte mein Natursekt zur Neige gehen, bevor ich in ihrer Summe zwölf Schläge ohne Laut über mich ergehen ließe, würde er seinen Saft zur Verfügung stellen.

So ging er dann um das Bett herum, betrachtete mich von allen Seiten und genoss sichtlich meine absolute Hilflosigkeit. Mit der Gerte strich er ganz sanft über meine Haut. Die Wäscheklammern schmerzten mittlerweile höllisch und so wurde ich unruhig, den ersten Schlag erwartend.

Der Schlag kam schließlich doch unerwartet, denn anstatt meine Haut direkt zu strafen, schlug er mir eine Wäscheklammer von meiner Brust.

Der Schmerz war extrem und obgleich ich in den Knebel hineinbiss, konnte ich den Schrei nicht mehr unterdrücken.

Er legte den Kopf spitzbübisch auf die Seite und griff zu der Schale mit meinem Urin. Ein kräftiger Schluck Pisse rann den Gummischlauch hinab in meinen Mund. Ich schmeckte meine Notdurft und schluckte sie brav hinunter.

Mein Herr schonte mich nicht. Schließlich war unsere Mittagspause endlich. Schon ereilte mich der zweite Schlag und wieder schrie ich.

So erging es mir einige Male, ehe ich die Kraft fand, diese extremen Schmerzen der Lust mit der gebührenden Anmut zu erdulden. Ich hatte auch schon mehrere große Schlucke getrunken und auch die Anzahl der an meinem Körper zehrenden Klammern hatte sich reduziert.

Ich konnte aus den Augenwinkeln sehen, dass nur noch ein kleiner Rest meiner Pisse in der Schale übrig war. Den Rest hatte ich bereits getrunken. Doch dann endlich hörte ich meinen Meister, wie er sagte, die Tortur sei fürs Erste vorbei.

Es war bis dato das schmerzhafteste Spiel, das sich mein Meister ausgedacht hatte, doch belohnte er mich anschließend gebührend dafür. Die Haut, vom Schlagen und Kneifen extrem gereizt und dementsprechend sensibel, glühte förmlich nach seiner Behandlung.

Nun nahm er mit einigen Utensilien neben mir Platz und versprach mir Linderung. Zunächst entfernte er mir den Knebel und küsste mich leidenschaftlich. Dabei strichen seine Hände sanft über meine empfindlichen Stellen.

Er befahl mir die Augen zu schließen und nur zu gerne sank ich in die Dunkelheit meiner erotischen Fantasien. Was hatte mein Meister wohl nun für mich vorbereitet?

Mit einer Feder strich er über meine Brüste, meine Arme und Schenkel, berührte sanft meine Lippen.

Manches Mal musste ich mich beherrschen, um ein Lachen zu unterdrücken, doch meist war das Gefühl so weich und intensiv, dass es mir eine Gänsehaut nach der anderen bescherte. Diese wiederum erregte mich, da sie meine Haut spannte. Ich wurde beinahe verrückt, weil er sich Zeit ließ, ehe er endlich meine Scham in dieses Spiel miteinbezog.

Als ich endlich seine Hand zwischen meinen Beinen spürte, wurde mir mit einem Mal ganz heiß. Es war wie eine Erlösung nach viel zu langem Warten. Jetzt erst spürte ich, wie geil mich dieses Spiel schon wieder gemacht hatte.

Die gerötete Haut reagierte intensiv auf die sanften Schwünge der Feder und so erbebte ich unter der lustvollen Berührung mehr als nur einmal.

Seine Küsse berührten meinen salzigen Mund und unsere Zungen trafen sich, wanden sich ineinander.

Wieder einmal bereitete er mir Lust, spielte er mit mir, wie er es so oft tat, denn schließlich war ich sein liebstes Spielzeug.

Nach wenigen Momenten der seligen Entspannung band er mich schließlich los und ließ mich duschen, damit ich meinen Arbeitsplatz wieder einnehmen konnte. Während ich also erneut heiße Schauer der Lust erlebte, als das rauschende Wasser über meine empfindliche Haut glitt, räumte er auf und trug wenig später schon zwei Gläser mit jener wohlbekannten Flüssigkeit, die unser heutiges Spiel so dominant bestimmt hatte.

Wir stießen auf uns an und tranken gemeinsam meinen Urin. Noch das Handtuch um meine Hüften gewunden, wurde mir klar, dass ich nun zwar schon zwei Mal von meinem eigenen Sekt gekostet hatte, aber mein Herr hatte mir diesen Teil seiner Selbst bisher immer vorenthalten. Mit einem beleidigten Gesichtsausdruck warf ich mein Handtuch fort, ging vor ihm auf die Knie und öffnete seine Hose.

Sein Glied fühlte sich so wunderbar an. Dort berührte ich ihn an seinem heiligsten Punkt. Doch heute wollte ich nicht seinen Samen, sondern den anderen Saft, jenes goldene Wasser, dass er mir als seine Sklavin eigentlich schon viel zu lange vorenthalten hatte. Ich legte meinen Kopf in den Nacken und sah ihn bittend an. Er verstand.

Ich trank davon, ich verschlang ihn. Seine Pisse, sein Nektar, sein Sekt, er lief mir über das Gesicht, die Brust, die Beine, er lief in mich hinein, füllte mich aus, es war ein unbeschreibliches Glücksgefühl, das plötzlich von mir Besitz ergriff.

Obgleich ich den Schmutz und die Abartigkeit meines Tuns spürte, war ich nicht gewillt, zurückzuweichen. Im Gegenteil, ich riss meinen Mund auf und fing seinen Urin und schluckte mit gierigem Durst das salzige Nass. Es war der Durst der Unreinheit, es war mein Durst nach ihm.

Als sein Strahl versiegte, blieb ich nass und glücklich zurück, kniend in einer Lache aus seinem Natursekt. Ich muss gestrahlt haben. Selig lächelnd ging ich erneut duschen und als ich wieder für den Dienst unter gewöhnlichen Menschen gereinigt war, gestand ich ihm, dass ich es genossen hatte.

Der Wald der Schmerzen

Mit dem Wagen fuhren wir zu einem für uns sexuell noch unbekannten Waldstück. Der nahegelegene See machte diesen Ort für uns so attraktiv. Zunächst unternahmen wir eine kleine Wanderung und sondierten die Umgebung.

Nachdem wir eine schön gelegene Stelle, in der Nähe des erfrischenden Nass und dennoch etwas abgelegen, gefunden hatten, schlugen wir unser Lager auf. Mein Herr stellte zwei Videokameras auf, um unsere Schandtaten festzuhalten.

Mittlerweile gab es einen kleinen Kreis, der immer ganz begierig war zu sehen, was mein Herr als Nächstes mit mir anstellen würde. Er genoss diese Tatsache. Immer wieder kam es vor, dass sich eine illustre Runde, der im Übrigen nicht nur Herren angehörten, bei ihm versammelte und unseren Eskapaden am Fernseher zeit und ortsversetzt beiwohnte und meine Pein mehr zu genießen schien als die Getränke oder das Essen.

Aber lange Zeit verschwieg er mir, wer alles unseren Eskapaden beiwohnte. Ich wusste nicht, ob es sich einfach um Fremde handelte, oder ob es vielleicht sogar Arbeitskolleginnen und Bekannte waren.

Mir machte es eigentlich nichts aus, aber die Gewissheit, in jedem Fall gesehen zu werden bei meinem Tun, erregte mich. Besonders weil ich nicht wusste, wer mich sah und von mir wusste.

Nur ein einziges Mal, es war eine Runde bestehend aus seinen engsten Freunden, ließ er mich nackt die Getränke und Speisen servieren. Aber er gab mir damals zu verstehen, dass dies nicht alle seien, die meine Videos zu Gesicht bekämen. Es war ein netter Abend und jeder durfte mich anfassen, während ich damit beschäftigt war, die Gläser auf dem Wohnzimmertisch abzustellen.

Der Platz am See war sehr sandig und somit, wie ich später feststellen sollte, ideal für die Vorhaben meines Gebieters.

Seinem Wunsch entsprechend, entkleidete ich mich und legte meine Kleidung in eine mitgebrachte Sporttasche. Danach legte er mir zunächst mein ledernes Halsband an und verschloss es sachgemäß.

Daran befestigte er eine Kette sowie Handfesseln, die meine Hände hinter dem Rücken hielten. Und so gebunden führte mich mit der Leine zurück zum Wegesrand. Dort band er mich an und sagte, er würde mich holen, sobald er fertig sei.

Sollten Passanten nach meinen Fesseln fragen, sollte ich nur sagen, ich hätte es verdient.

Bis ich diesen Platz am Wegesrand wieder verlassen durfte, verging ungefähr eine halbe Stunde und wirklich kamen auch mehrere Passanten des Wegs, jedoch traute sich nur ein junger Heranwachsender mich anzusprechen und als ich meinem Meister gehorchend antwortete, begann er zu lachen.

So, so, meinte er und ich bekam es ein wenig mit der Angst zu tun. War dies von meinem Meister beabsichtigt? Hatte er für mich diesen Besuch arrangiert oder war dies wirklich ein wildfremder Junge, der seine Chance in mir sah?

Schon blickte er sich um, ob er auch unbeobachtet war und so trat er dann auch einen Schritt näher an mich heran. Zunächst betrachtete er mich nur eingehend, meine rasierte Scham und die Brüste, dann aber prüfte er die Art meiner Fesselung.

Nachdem er sich meiner Wehrlosigkeit versichert hatte, griff er mir an die Brüste und begann sie zu massieren. Ich bemerkte seine Erektion, die sich deutlich in seiner Hose abzeichnete. Er kniff meine Nippel und sein Griff wurde härter. Sein Lächeln bedeutete mir nichts Gutes. Schon wanderte eine Hand hinab zu meiner Muschi, während die andere immer fester meine Brüste bearbeitete. Ich wand mich und bat ihn aufzuhören, doch er dachte gar nicht daran. Er fange doch gerade erst an Spaß mit mir zu haben.

Was der Herr wohl an seinem Eigentum zu schaffen habe, hörte ich die Stimme meines Herrn den Jüngling fragen. Völlig aus der Fassung taumelte er zurück, fiel hin und sah meinen Gebieter voller Angst an. Ob er nicht wisse, dass man den Besitz eines anderen zu respektieren habe, wollte mein Retter wissen, und als er keine Antwort bekam, machte er einen schnellen Schritt auf den Bösewicht zu, der sich aufraffte und sein Heil in der Flucht suchte.

Mein Herr beugte sich zu mir hinab, legte einen Finger unter mein Kinn und hob mein Gesicht an. Dann küsste er mich leidenschaftlich, nahm mich in den Arm und löste meine Leine vom Baum.

Auf dem Weg zurück zu unserem Versteck wollte mein Meister von mir wissen, ob ich denn seinen Befehlen gemäß gehandelt hätte. Ich bejahte. Er lächelte und küsste mich noch einmal sehr leidenschaftlich.

Dann baute er noch schnell die versteckte Videokamera ab und nahm sie mit zu unserem Platz. Die Kamera beruhigte mich in meiner anfänglichen Angst, denn er war also immer in der Nähe gewesen.

Mittlerweile denke ich des öfteren über diesen Vorfall nach und ich gestehe mit unverhohlener Erregung, dass ich meinem Meister schon mehrfach dafür dankte, dass er diese Praxis wiederholte. Und immer wieder dachte er sich teuflischere Szenarien aus.

Wieder an unserm Platz angekommen, begann er mich in der Form eines X zwischen zwei Bäume zu fesseln. Netterweise standen die Bäume so, dass man mich vom See aus gut sehen konnte. Meine Beine waren stark gespreizt und so zeigte ich ungeniert meine Klitoris. Es kam mir vor, als sei sie ein leuchtendes Signalfeuer, das von den Badenden am anderen Ufer aus in jedem Fall gesehen werden musste.

Mein Herr richtete die Kameras aus und eröffnete meinen heutigen Lustweg, ich nenne ihn so analog zum Leidensweg, mit der mir schon wohl bekannten Gerte. Sie strich heftig über meinen Hintern und färbte mein Fleisch rot. Da mich mein Herr nicht geknebelt hatte, konnte ich stöhnen und schreien, was ich auch tat.

Wie ich bereits erwähnte, ich bin gerne etwas lauter beim Sex. Mit jedem Schlag spüre ich mehr, dass ich lebe, dass ich ganz und gar hier bin, in diesem Fleisch und zu diesem Fleisch gehöre. Wieder sauste die Verlängerung seines Armes auf meinen Arsch, der Schmerz breitete sich in mir aus wie eine Welle und überflutete nach wenigen Augenblicken mein ganzes Dasein, wischte Zweifel und Erinnerungen an meine Erziehung fort.

Ich liebe ihn dafür. Er zeigt mir, dass ich lebe, denn ich leide. Und im Leiden finde ich die mir sonst so oft verwehrte Lust. Also stand ich an jenem Tag zwischen diesen beiden Bäumen und dankte meinem Meister, dankte Gott für diesen Moment, der eine neue Herausforderung für mich werden sollte.

Nach genau einundzwanzig Schlägen, jeweils auf meinen Arsch, meine Schenkel und meinen Rücken, war dieses unheilige Martyrium beendet. Er ließ sich von mir küssen und fuhr dann unbeirrt mit seinem Plan für den heutigen Tag fort.

Er präsentierte mir die BondageSeile, mit denen ich bereits im Konferenzraum meines Arbeitgebers auf so intime Art Bekanntschaft geschlossen hatte. Dazu kamen noch zwei dünnere Seile, die er auf besonders diabolische Weise benutzen wollte.

Zunächst schlang er die Seile um meine Brüste und fixierte eine kleine Schlaufe zwischen ihnen. An dieser Schlaufe befestigte mein Herr sodann ein Gewicht in Form einer Weinamphore. Ich weiß nicht, was das leere, gläserne Gefäß wog, aber es war schwer genug, um meine Brüste etwas in die Länge zu ziehen und den Druck der engen Seile auf meinen Körper noch zu verstärken.

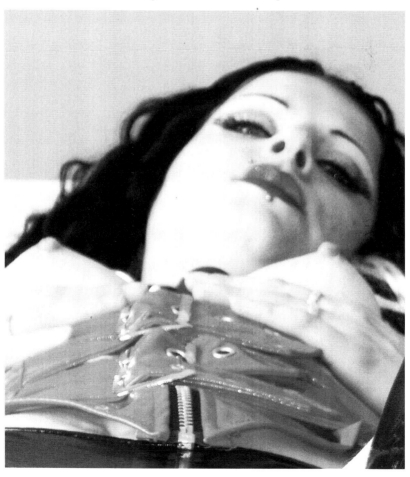

Ohne falsche Scheu befestigte mein Gebieter je zwei Klammern an meinen Brustwarzen, nicht jedoch ohne vorher das dünne Seil in die Klammern einzufädeln. Nachfolgend befestigte er Wäscheklammern an meinen äußeren Schamlippen und auch hier kam die Schnur zum Einsatz.

So langsam dämmerte mir das Ziel dieser unheiligen Fesselung und unter dem langsam verebbenden Schmerz der Peitschenhiebe blieb nur noch die Wollust zurück.

Schon wand ich mich unter den aufwallenden Schmerzen der Klammern.

Dann beging ich einen folgenschweren Fehler: Ziemlich vorlaut forderte ich ihn auf mich doch zu küssen, ich winselte leise vor mich hin und als er meinem Wunsch scheinbar nachkam, versohlte er meinen Hintern mit einigen harten Schlägen.

Ich zuckte zurück und die ruckartige Bewegung ließ das Gewicht an meinen Brüsten baumeln. Dadurch wurde der Druck auf meine Titten verstärkt und das abgebundene Fleisch pulsierte dumpf im Rhythmus der Bewegung.

Ein wirklich lauter Schrei entfuhr mir dabei, vor Schreck mehr als vor Schmerz. Aber dankbar, dass er meine Vorwitzigkeit bestraft hatte, lächelte ich ihn liebevoll an.

Schließlich beschäftigte er sich nun nur noch mit mir, mit meinem Körper und durch die Lust und die Schmerzen auch mit meiner Seele, die, wahrscheinlich vollkommen schwarz und vor dem Licht der Reinheit sich versteckend, in mir das verzehrende Feuer der ausgelebten Neigung ebenso liebt wie diesen Menschen, der mich zu dem machte, was ich bin.

Hatte ich schon einmal einen Menschen gekannt, der meine Seele auf diese Weise liebte? Der meine Seele liebkoste, fickte und sie mit dem Körper gleichstellte? Ich glaube nicht.

Es folgten noch einige Wäscheklammern an den Schenkeln, am Bauch und an den Armen. Nun breitete sich auch ein gewisses Muster vor meinem Auge aus: Alle Klammern, die an meinen Brüsten und Schamlippen hingen er beließ es nicht bei wenigen – waren über eine Schnur verbunden, die übrigen Klammern mittels einer weiteren. Die Enden hielt er in der Hand, stets bereit durch einen kräftigen Ruck die Klammern von meiner Haut abzuziehen.

Er trat etwas zurück und betrachtete sein Werk, befand es augenscheinlich für gut, denn er hockte sich auf sein Handtuch, setzte die Sonnenbrille auf seine Nase und begann sich etwas zu sonnen.

Dem Lächeln auf seinen Lippen nach zu urteilen, genoss er mein Winseln und mein Stöhnen. Nach einiger Zeit holte er aus einer Tasche einige Kerzen hervor und zündete sie an. Darunter befand sich eine Gelkerze, die, wie allgemein bekannt sein dürfte, ein sehr heißes Wachs produziert.

Ohne mich eines Blickes zu würdigen, stellte er sie um mich herum auf. Insgesamt drei Baumstümpfe verzierte er mit den roten, blauen und grünen Kerzen. Die klare Gelkerze stellte er zwischen meine Beine.

Mit prüfenden Fingern betastete er meine Brüste und stellte fest, dass sie noch nicht so prall seien, wie er sie sich vorstellte. Also holte er mit einer Flasche Wasser aus dem See und füllte die Amphore zwischen meinen Brüsten etwa zu einem Viertel.

Dann nahm er wieder in meinem Schatten Platz und genoss diesen Badeausflug auf höchst unspektakuläre Weise, indem er vor sich hindöste.

Die verschiedenen Schmerzquellen wuchsen nun langsam zu einer wirklichen Qual an, die Brüste schmerzten durch das Gewicht, das an ihnen zog, wie auch aufgrund der Wäscheklammern, die im übrigen ja meinen ganzen Körper bedeckten.

Als mein Herr sich nach meinem Befinden erkundigte, teilte ich es ihm bereitwillig mit. Auf die Frage, ob er mir Erleichterung verschaffen solle, bat ich ihn, Gnade mit seiner Sklavin zu haben und ihr Erleichterung zu verschaffen, worauf er herzlich lachte. Er nahm die beiden Schnüre, an denen die Wäscheklammern hingen, und band sie an einem Baum hinter mir fest. Er achtete darauf, dass sie leicht gespannt waren und nun erkannte ich die Teufelei, die sich mein Herr für mich ausgedacht hatte.

Wenn ich mich nun bewegte, würde die Schnur für ein Abreißen der Klammern von meinem Körper sorgen. Und dieser Schmerz war mir wohl bekannt. Mein Gebieter betrachtete sein Werk und meinte dann schelmisch, ich könne mir nun selber Erleichterung verschaffen.

Mit etwas Gleitcreme führte er mir nun nacheinander einen Spielgefährten in meinen Hintern und meine vor Geilheit beinahe tropfend feuchte Muschi ein. Halte Sie schön fest, meine Liebe, war sein Kommentar zu mir, die sich be-

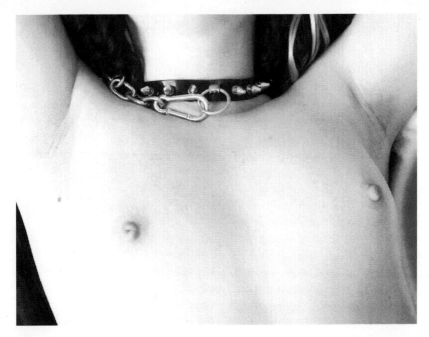

reits unter erheblichen Schmerzen wand. Zum Abschluss der Behandlung vergaß er nicht, das Gefäß zwischen meinen Brüsten weiter aufzufüllen und so meine wunderschönen Brüste weiter zu strecken. Bisher war ich immer sehr stolz auf meinen Busen gewesen. Ein schönes C-Körbchen, beinahe rund und leicht hängend, einfach ein wunderschöner Anblick, aber wie sie nun abgebunden, tiefrot von meinem Körper wegstrebten ... dieser Anblick gefiel mir noch um einiges mehr!

Wieder ließ mein Herr mich einige Zeit unbeteiligt leiden, doch dann ergriff er die ersten beiden Kerzen. Als das rote und blaue Wachs meine Haut berührte war es im ersten Moment wie eine Verbrennung mit einer Herdplatte, doch ließ der Schmerz augenblicklich nach und linderte sich zu einem angenehm unangenehmen Brennen, das für sich genossen durchaus sehr erstrebenswert sein mochte.

Als weitere Steigerung zu meinen anderen Qualen jedoch war es der letzte Schritt zur Versuchung meinen Körper vor meinem Meister zu schützen.

Mein Geist sagte: Weiche! Doch die Lust sagte mit einem hauchenden Stöhnen: Erdulde diese neue Art des gefühlten Schmerzes.

Kaum eine Körperstelle, die noch nicht mit Wachs benetzt worden wäre, griff mein Meister nun zu der Gelkerze und trat auf mich zu.

Nun bekam ich etwas Angst und ich glaube, er sah es in meinen Augen. Die Gelkerze sei sehr heiß und würde richtige Verbrennungen hervorrufen, erzählte er mir mit sachlichem Tonfall. Ich nickte stumm.

Ein Teil von mir genoss noch immer die Schmerzen, gemischt mit den Gefühlen aus meinem gefüllten Unterleib, ein anderer Teil war besorgt, sehr besorgt. Sollte aus dem Spiel plötzlich eine ernsthafte Realität werden?

Er dachte, sprach er zu mir und wanderte dabei vor mir auf und ab, ich sei stark genug, auch dies für ihn zu erdulden.

Ich solle die Augen schließen und den Mund weit öffnen.

Obwohl die Angst in mir immer größer wurde, war doch ein inniges Vertrauen da, das so weit ging, dass es meine Bedenken ausschaltete. Es sagte mir, wenn mein Meister denkt, ich bin bereit dafür, dann hat er Recht.

Sogar die Gesetze der Physik konnte ich ignorieren, denn ich war und bin noch immer davon überzeugt, dass mein Meister nichts tut, um mich wirklich zu verletzen.

So gehorchte ich seinem Befehl und das Letzte, was ich sah, war die brennende durchsichtige Kerze in seiner Hand. Auf seine Order hin streckte ich die Zunge heraus, das glühend heiße Wachs erwartend.

Der erste Tropfen auf meiner Zungenspitze erkaltete nicht schnell genug und tropfte aus diesem Grund noch auf mein Kinn. Es war wie flüssiges Eisen, das sich hier auf meinem Körper breit machte, jedoch war es durchaus erträglich und als ich dadurch mein Vertrauen in meinen Herren bestätigt sah, sperrte ich meinen Mund weiter auf und erwartete mehr.

Er hatte im Übrigen die andere Kerze in seiner Hand benutzt, um mir damals die Zunge mit Wachs zu überziehen. Das Gel der anderen Kerze sollte nur meinen Grad der Unterwerfung testen, wie er mir später beteuerte.

Aber dies sollte keine generelle Entwarnung sein, denn schließlich war das Fernziel noch immer die Übertretung aller Schamgrenzen und die Lust am ultimativen Schmerz, seelisch wie körperlich.

Und in meinem Gehorsam, den ich ihm gegenüber nie wieder ablege, war ich glücklich.

Nachdem meine Brüste, mein Bauch und auch meine Zunge mit Wachs überzogen waren, wollte mein Herr mich befreien. Dazu füllte er das Gefäß zwischen meinen Brüsten bis zum Rand und befahl mir, nichts davon zu verschütten. Die Schmerzen durch dieses neue zusätzliche Gewicht übertrafen alles bisher mit meinem Gebieter erlebte.

Aber dieser Schmerz regierte nur kurz in meinem Inneren. Die Erleichterung sollte kommen. Er nahm die erste Schnur mit den Wäscheklammern und riss sie mit einem Ruck fort.

Zahllose Klammern rissen an meinem Fleisch und flogen wild durch die Luft. Wachsfetzen spritzten von mir ab und mir entfuhr ein lauter Schrei. Plötzlich war ich nur noch Schmerz! Die Brüste traten in den Hintergrund vor den plötzlichen Schmerzen der Klammern, die meine von der Gerte gereizte Haut nochmals bearbeiteten.

Aber es war auch Lust und Stolz. Wie in einem Rausch verschwammen in meinem Geiste die Grenzen dieser Gefühlszustände und brachten mich beinahe um den Verstand. Schmerz, Lust, Glück, Liebe, Leid, das alles mischte sich in mir zu einem Cocktail der Unterwerfung.

Es war ein durch und durch romantisches Gefühl. Weltverneinend, sich nur der eigenen Innerlichkeit, dem eigenen Gefühl hingebend, die Zähne der Wölfe zu spüren, die mich gejagt und gefunden hatten. Sie vernichteten in jenem Moment einen Teil meines früheren Ichs. Sie rissen den Teil meiner Selbst, der durch die Regeln und Gesetze unserer Gesellschaft geprägt war. Es war so wundervoll. Am liebsten hätte ich in jenem Moment geschrien, dass ich die schmutzige Hure sein will auf ewig!

Noch während ich mich wand in orgiastischer Agonie, riss er die zweite Schnur und durch mein Geschlecht ging der gleiche Schmerz, millionenfach verstärkt durch die Klammern auf meinen Brustwarzen und an meinen Schamlippen.

Ohne übertreiben zu wollen, war ich nahe einem Orgasmus, allein durch das unablässige Zufügen von Schmerzen durch einen Meister, der mich als sein Spielzeug liebt!

Wir hatten schon wieder alles aufgeräumt, als er sich weigerte, mir meine Kleidung wiederzugeben.

Auf dem Weg, an dem ich noch vor einigen Stunden angekettet gewesen war, wollte er mich nehmen. Meine Leine behielt ich an, ansonsten trug ich nur meine schamlose Nacktheit. Mitten auf dem Weg befahl er mir seine Hose zu öffnen und ihn vorzubereiten.

Meine Lippen hatten nur wenig Arbeit zu leisten, schon reckte sich mir sein Schwanz lüstern und feucht entgegen, bereit für meinen Arsch und meine Muschi.

Zunächst drang er in die Letztgenannte ein und stieß mich hart. Ich stützte meine Hände an einem Baum und streckte ihm mein Hinterteil entgegen. Ich wollte, dass er mich nimmt, wollte ihn endlich nach so viel wollüstigem Schmerz wieder in mir spüren, als sich ein älteres Paar näherte. Ich befürchtete schon, er würde viel zu früh von mir ablassen, aber er ließ sich nicht stören, im Gegenteil, er stieß noch härter zu.

Als das Paar, scheinbar keinen Anteil an unserem Treiben nehmend, fast an uns vorbei war, brach in mir ein weiterer Damm der Sünde. Ich sprach laut und deutlich und bat meinen Meister, er möge mich kleine, unwürdige Sklavin doch bitte auch in den Arsch ficken und danach würde ich gerne den Samen schlucken und den goldenen Urin trinken, um mich zu erfrischen.

Ich fühlte mich so gut, als er mir vor den Augen der Fremden der Mann blickte sich fortlaufend nach uns um mehrere Schläge auf den Hintern gab und schließlich meine Rosette dehnte, um mich tief in meinen Arsch zu ficken. Ich wusste selbst nicht, was mit mir geschehen war, aber ich musste diese Worte von mir geben und ich spürte, dass es meinem Meister gefiel, dass ich so sprach.

In jenem Moment regierte die reine, derbe Geilheit. Ich wollte nicht gevögelt werden, ich wollte gefickt werden, in meinen Arsch!

Noch in Hörweite des Paares erlebte ich einen wunderbaren Orgasmus, der die Frau anscheinend sehnsüchtig und den Mann beinahe flehend zurückblicken ließ.

Auch meinem Gebieter musste es gefallen haben, denn ich spürte, wie sich sein weißer Samen in meinen Darm ergoss.

Noch verweilten wir einige Momente atemlos, aber dann verschwanden wir in der herannahenden Dunkelheit. Nur die Samentropfen, die mir aus meinem nackten Arsch liefen, zeugten noch von unserer Anwesenheit, denn er gab mir meine Kleidung auch nach dem Fick nicht zurück.

Nachwort

Nun hoffe ich doch, dass Sie, lieber Leser, einen kleinen Einblick in mein Leben und meine Metamorphose vom braven Mädchen zur wohlerzogenen, tabulosen Sklavin erhalten haben.

Mittlerweile sind zwischen der letzten in diesem Büchlein beschriebenen Episode und dem Tag der Drucklegung dieser dritten Auflage zwei volle Jahre der lustvollsten Qualen vergangen, die noch ausgefallener waren und meine Grenzen noch um einiges weiter in das endlose, tabulose Nichts rückten.

Über eine Kontaktanzeige haben wir ein Mädchen und einen Jungen kennen gelernt, die meinen Weg beschreiten, die mir in die heilige Hölle der Scham und Tabulosigkeit folgen wollen. Die Spiele werden abwechslungsreicher und für Menschen mit normalen Geschmäckern extremer und immer öfter haben andere in verschiedenen Formen an unserem Spiel teil.

Ich möchte nochmals betonen, mein lieber Leser, dass diese Geschichten nicht erfunden sind, sondern Episoden darstellen, die ich auf meinem Weg in die Sklaverei erlebt habe.

Mein Herr bat mich sie niederzuschreiben, um vornehmlich Frauen die Scheu vor der Unreinheit zu nehmen. Ich für meinen bescheidenen Teil wurde durch das Ablegen meiner anerzogenen Ekel zu einer gehorsamen Sklavin, die jederzeit ihrem Meister zur Verfügung steht. Dass unser Sexleben nur einen Teil unserer Beziehung darstellt, sollte auch jedem klar sein, doch bin ich nicht nur beim Sex devot.

Aufgrund der Vielzahl der Männer und Frauen, die mein Buch in der ersten Auflage erstanden haben, hat mein Meister mich gebeten weitere Geschichten niederzuschreiben, was ich auch tun werde. So hoffe ich, dass Sie, liebe Leserin oder lieber Leser, in nächster Zeit ein weiteres Buch in Händen halten können, das mit meinen Erfahrungen gefüllt ist.

Ich bin meinem Meister ergeben und aus diesem Grund werde ich gemeinsam mit ihm die Szenen auswählen, die in das kommende Buch einfließen werden. Wer mich auf der Straße sieht und erkennt, dem sei gesagt: Im Beisein meines Meisters spreche ich nur mit seiner Erlaubnis und bin stolz darauf, ihn schmücken zu dürfen.

All dies machte mich zu einer tugendhaften Frau. Tugend nämlich ist die Wiederstehung der Versuchung. Und ich wiederstehe jener Versuchung, die mich wieder mit einem eigenen Willen beladen will, die mir wieder Rechte geben will. Es ist die dunkle Tugend.

HOCHZEIT DER SKLAVIN

Constanze O. Wild

«Gott erzürnen wir durch unsere Sünden,
die Menschen durch unsere Tugenden»
Jiddische Spruchweisheit

Das Vorwort zum Traum

Nachdem mein erstes Buch besonders bei Frauen so viel Anklang fand, möchte ich mit diesen Zeilen neben weiteren Einblicken in mein lasterhaftes Leben auch meinen Träumen einen Platz einräumen, denn in den Schlafbildern und Wünschen liegt oft so viel Sehnsucht verborgen, dass ein Menschenleben meist nicht ausreicht, alle Träume Wirklichkeit werden zu lassen.

Aus diesem Grund kann mein Aufruf an den Leser nur sein: Lebt auch meinen Traum ein kleines Stück! Verhelft den Gelüsten der Unheiligkeit zu neuem Leben!

Die dunklen Gelüste lauern überall. Ich bin mir sicher, niemand ist frei von dieser wunderbaren Sünde und Versuchung.

Ich bin eine Sklavin, ich bin eine Hure, ich bin Fleisch und ich bin Lust. Es ist mein Leben und ich liebe es. Doch ergeben habe ich mich nicht, nein, ich habe mich hingegeben den Träumen meiner Jugend und lebe sie.

Die Sklavin C.

Der Antrag

Es ist nicht einfach, zu akzeptieren, was man eigentlich ist. Besonders, wenn man dazu die Hüllen zerreißen muss, die einem durch Herkunft und Erziehung übergestülpt wurden. Seit mein Herr mir das erste Mal befahl, meine Gedanken niederzuschreiben, ist einige Zeit vergangen. Mittlerweile bin ich unrettbar verloren, bin ein unselbstständiges Ding, ein Objekt meines Meisters, ein Spielzeug geworden, und meine Gedanken kreisen den ganzen Tag nur um das, was mein Herr mit mir anstellen könnte und ob ich all dem gewachsen bin.

Eines Abends, als mein Gebieter und ich nebeneinander im Bett lagen, ohne Spielzeug, ohne Kleidung, einfach nackt in sinnlicher Umarmung, flüsterte er mir ins Ohr, dass ich auch nach der Dusche und trotz der Öle und Cremes nach Latex dufte. Ich sei auf dem richtigen Weg zu seiner Gummipuppe.

So seltsam es klingt, aber seine Worte machten mich sehr glücklich. So etwas aus seinem Mund zu hören, war für mich wie ein Ritterschlag. Ich gehorchte seinen Befehlen, natürlich, aber jetzt hatte sich sogar mein Körper angepasst.

Er beugte sich über mich und bearbeitete meinen Po. Durch das Tragen der verschiedenen Dildos war mein Hintern mittlerweile weich und nachgiebig. Ich hatte gelernt, dass es die Tortur nur verschlimmerte, wenn ich meine Muskeln anspannte. War ich hingegen ganz entspannt, konnte ich das merkwürdige, aber irgendwie wunderschöne Gefühl genießen. Man ist ausgefüllt und durchdrungen von dem Dildo und spürt seine Form tief im Innern.

Mein Herr liebt meinen Hintern, er ist seine Spielwiese, egal ob mit einer Gerte, seinem Schwanz oder mit Federn, immer wieder überrascht er mich.

Er begründet seine Vorliebe für Analverkehr damit, dass ein gedehn-
ter Arsch bei einer Frau etwas überaus Sinnliches habe. Wenn ich einen
großen Dildo trage, oder wenn er ganz leicht in mich gleitet, weiß er, dass
ich für ihn über die Grenzen des Gewöhnlichen gehe und mich ihm auf

besondere Weise hingebe, dass ich etwas für ihn tue, was die Natur wohl so nicht vorgesehen hatte.

Sein Wunsch war es, eines Tages mit seiner ganzen Hand in meinem Hintern zu verschwinden. Das hatte er mir schon relativ früh gesagt und damals hatte ich Angst davor.

Ich dachte mir, wie es wohl wäre, eine komplette Hand in meiner unreinen Körperöffnung zu spüren, alle seine Finger zu fühlen und wie das Blut durch seine Adern pulst.

Faustfick – diese Spielart ist mittlerweile Teil meiner sexuellen Wirklichkeit - stellt für viele wohl etwas Barbarisches und fernab jeglicher Ästhetik Liegendes dar, beschmutzt mit allerlei unangenehmen Szenarien. Doch wenn man den dauerhaften Druck eines Dildos im After gewöhnt ist, um wie viel schöner ist es da, endlich seinen Herrn aufnehmen und ihn in sich spüren zu können ...

Und als er dann das erste Mal mit seiner kompletten Hand in meinem Innern versank, stöhnte ich leise auf. Mein Schließmuskel schloss sich langsam und sanft um sein Handgelenk, während er seine Finger in meinem Darm langsam und zärtlich bewegte.

Ich bemerkte, dass er dabei wieder stark erregt war, und das freute mich gleich zweifach: zum einen konnte ich noch immer ein Feuer in meinem Meister entfachen, zum anderen liebte ich das Gefühl, von ihm ausgefüllt zu werden.

Es ist schwer zu beschreiben und wahrscheinlich auch nicht einfach nachzuvollziehen, aber wenn meine Löcher gestopft sind, fühle ich mich als Frau. Als seine Frau. Dann bin ich das geile Stück Fleisch, das sich ihm hingibt mit jeder Faser des Körpers.

Langsam bewegte er seine Hand in mir vor und zurück. Dabei streckte ich mich ihm ein wenig entgegen, um ihn tiefer aufnehmen zu können. Gleichzeitig begann er mit seiner anderen Hand an meiner Klit zu spielen.

Immer wieder zog er die Hand fast vollständig zurück, um dann umso tiefer in mich vorzudringen. Meine Brüste wippten im immer schneller werdenden Takt, und mit geschlossenen Augen genoss ich das Spiel meines Herrn.

Seine Unermüdlichkeit brachte mich jedes Mal wieder an den Rand des Wahnsinns. Doch an diesem Tag war es noch mal anders. Meine Sinne zogen sich immer stärker auf meinen Unterleib zusammen. Mein ganzes Leben und mein Universum bestanden nur noch aus meinem Schoß, meinem Arsch und seiner Faust.

Er trieb mich immer weiter und steigerte meine Lust ins Unermessliche, so weit, dass aus der kleinen Sklavin eine schamlose Hure wurde. Ich stöhnte ungehemmt, warf meine Haare in den Nacken und bewegte mein Becken, um seine Hand - ihn! - noch tiefer in mir zu spüren.

Während er unablässig meine Lust anstachelte, hauchte er mir plötzlich von hinten einige Worte in mein Ohr. Und allein ihr Klang, ihr Inhalt katapultierten mich zum Höhepunkt. Sie trugen mich über die Schwelle und begruben den letzten Rest Widerstand, den ich gegen meinen Orgasmus aufbot, unter sich.

Dann fragte er mich ganz unvermittelt, ob ich ihn heiraten würde - aber auf eine Art, die einer Sklavin würdig war! Seine Hand noch in meinem Arsch, drehte ich mich vorsichtig herum und legte mich auf den Rücken. Er lächelte keck, und in seinen Augen sah ich, dass er etwas mit mir vorhatte. In diesem Moment wurde mir klar, dass er bislang noch gezögert hatte, mich wirklich und endgültig zur Hure, zur Puppe, zu seinem Spielzeug zu machen. Nun hing es von mir ab, wie es weiterging ...

«Ja, mein Herr!», war meine Antwort.

Sag es!

Rückblickend steht man überstürzt getroffenen Entscheidungen oft etwas zurückhaltender, vielleicht sogar reumütig gegenüber. Auch ich hatte die Antwort auf den Antrag vorschnell gegeben, noch völlig eingenommen von einem intensiven Orgasmus hatte ich zugestimmt, mich ihm gegenüber in Knechtschaft zu begeben, offiziell besiegelt im Beisein von Zeugen.

Aber ich war nicht reuig. Das stand mir gar nicht zu. Schließlich war ich schon davor seine Sklavin gewesen und diese Frage nur ein Test für mich. Ich konnte. Und so war mir die Antwort auf seine Frage eigentlich schon vorbestimmt, was es jedoch nicht weniger romantisch für mich machte.

Er meinte, dass er sich um alle Vorbereitungen kümmern würde, während ich ihm beweisen sollte, dass ich es wert war, mit mir eine Verbindung einzugehen. Seinem hinterlistigen Lächeln nach zu urteilen konnte ich zumindest erahnen, dass mein Gebieter einen diabolischen Plan ausgeheckt hatte. Was würde mich erwarten?

Ich war wie berauscht durch die vor mir liegende Zeit. Als ich meinen Eltern von der baldigen Hochzeit berichtete, freuten sie sich für mich, nichtsahnend, welches Martyrium mich in den kommenden Wochen erwartete.

Und ich wusste es auch nicht.

Wäre mir klar gewesen, wie weit mein Herr gehen würde, hätte ich an jenem Tag zusammen mit seiner Hand einen eisigen Schauer in mir gespürt, der mich nicht mehr losgelassen hätte.

Vier Tage nach meinem Einverständnis, nach meinem Gelöbnis trug ich wieder meinen transparenten Latex-Catsuit, den mein Meister so sehr an mir liebt. Am Morgen hatte ich mich frisch enthaart und so schmiegte sich der Anzug wie eine zweite Haut an mich. Nur die kleinen Nasenlöcher und die Mundöffnung ließen etwas Kontakt zur Außenwelt zu. Mein

Schritt war mit einem Reißverschluss versiegelt, der übrige Körper vollständig von Latex umhüllt. Mein Herr liebte es, mich in diesem Zustand zu berühren und meine wahre Haut, wie er es gerne nannte, zu spüren und darüber zu gleiten.

Er sagte zwar, ohne diese Hülle würde ich sein Interesse nicht sonderlich wecken, doch er wollte auch niemanden anders als mich darin sehen. Er liebkoste mich, küsste meine Gummihaut und sprach dann diese brutalen, gleichermaßen herrlichen Worte , die mich so tief berührten und erschütterten, dass ich auch heute noch zittere, wenn ich nur daran denke:

Einige Wochen vor dieser Episode, befand ich mich gefesselt im Keller meiner Arbeitsstelle. Ich war nackt und trug lediglich eine Gasmaske auf dem Kopf, die mich daran hindern sollte irgendetwas um mich herum wahrzunehmen. Der lange Schlauch, über den ich atmete, führte zu meinem Rücken, und miteinander verbundene Hand- und Fußschellen ketteten mich an einen Heizkörper. So stand ich also, blind und extrem vornüber gebeugt in einem Warenlager, das mehrmals am Tag von verschiedenen Kollegen aufgesucht wurde, und streckte meine beiden Löcher gut zugänglich der Welt entgegen. Ich war feucht und extrem geil, angesichts dieser Tatsache. Und als ich bemerkte, dass sich die Tür öffnete, übermannte mich meine Geilheit beinahe völlig. Doch die schlug ganz schnell in Furcht um, denn ich hörte nicht die geliebte und vertraute Stimme meines Herren, sondern die mehrerer sich unterhaltender Männer! Ich war außer mir vor Aufregung - mein Herz schlug bis zum Hals -, sodass ich kein Wort von dem verstand, was die Stimmen sagten. Und als ich schließlich dieses Lachen hörte und dann auch noch eine Hand meinen Rücken entlangstreichen spürte, überkam mich Panik.

Meine Kollegen durften mich nicht so sehen. Niemals. Doch nun war es geschehen. Gleich mehrere standen um mich herum.

Dann hörte ich das Klicken eines Kassettenrekorders oder eines Diktiergerätes. Selten sei ich so feucht gewesen, hauchte mir der Apparat ins Ohr, und ich hätte sicher Spaß an der Vorstellung, für alle Mitarbeiter nur ein geiles Stück Fleisch zu sein. Im nächsten Augenblick spürte ich, wie er in mich eindrang.

Voller Lust stöhnte ich auf und heißer Atem verließ meine Lungen. Doch zum Luftholen kam ich nicht mehr, befand mich plötzlich in einem

Vakuum. Er hatte den Schlauch abgeknickt und hielt mit der Hand das Ende zu.

Dann sagte er, ich solle ihm genau zuhören, und drang noch mal tief in mich ein. Er liebe mich über alles, doch er sehe in mir mehr, als ich war, mehr als nur eine Frau, eine Hure oder Sklavin. Gemeinsam würden wir mein Selbst zerstören, bis ich schließlich nur noch ein kleiner Teil von ihm wäre, alleine nicht mehr lebensfähig, weil mir Wille fehlen würde, ohne ihn zu leben.

Mir wurde schwarz vor Augen. Ich konnte nicht mehr atmen, die Luft war aufgebraucht und das dicke Gummi saugte sich noch fester an meinen Kopf.

Er würde mein Selbst nicht zerstören, sondern ich würde es aus Lust und Liebe heraus tun. Ich würde für ihn zu einer lebenden Puppe werden, zu einem Spielzeug.

Um mich herum drehte sich alles. Was hatte er mit mir vor? Noch einmal stieß er hart zu, wieder und wieder spürte ich seinen Schwanz in mir. Dann, endlich strömte frische Luft durch meinen Atemschlauch. Er fickte mich hart und wiederholte seine Worte immer wieder.

Und zusammen mit dem Sauerstoff, der nun wieder meine Lungen durchströmte, brannten sich diese Worte in mein Gehirn, in mein Herz und in meine Seele. Er wollte das schäbige kleine Ich zerstören und daraus etwas Besseres erschaffen.

Und ich wollte sein Geschöpf sein, seinen Traum verkörpern, leben!

Als er in mir abspritzte und sein Sperma floss, wurde mir bewusst, was ich ihm sagen würde. Einen Moment noch verharrte er in mir, dann ließ er das Loch zurück und löste meine Fesseln.

Vor dem anschließenden Meeting sollte ich nicht auf die Toilette gehen und bloß keine Unterwäsche unter dem Rock tragen, damit er danach seinen Fleck auf dem Stuhl und auf meinem Rock sehen könnte.

Ich nahm die Gasmaske ab und steckte sie in meinen Rucksack. Nackt, die Säfte zwischen meinen Schenkeln, umarmte ich ihn und flüsterte ihm ins Ohr: «Zerstöre mich!» Er sollte mich vernichten und neu erschaffen, aus mir dieses wunderbare Spielzeug machen, das ihm gehören und ohne ihn nicht funktionieren würde ...

Mein Herr zeigt mir immer wieder meine Unzulänglichkeit auf, wenn es darum geht, eine perfekte Sklavin zu werden. Er ist liebevoll, aber ehrlich. Und das liebe ich. Wenn er mir sagt, dass ich ohne Latex nur ein kaputtes Spielzeug sei, dann liebe ich ihn dafür. Dann weiß ich, welcher Pfad der richtige ist.

Wenn er meinen Arsch liebkost und sagt, dass er zu eng ist, dann liebe ich ihn dafür. Genau genommen darf ich gar nicht sagen, dass ich einen Catsuit anziehe. Denn wenn ich sein Spielzeug sein will, muss ich begreifen, dass ich die Gummihaut nicht trage, sondern mich mit ihr einfach ein Stück ‚heiler' mache auf dem Weg zum fertigen Spielzeug.

Durch die transparente Maske konnte ich seine Konturen erkennen. Ich erwartete, dass er mich so leidenschaftlich berühren würde wie sonst auch, wenn er mich in diesem Zustand sah. Doch heute nahm er sich diese Zeit nicht.

Stattdessen sollte ich gleich meine Schuhe anziehen, mir einen Mantel überwerfen und ihm folgen. Das machte mich für einen Moment sprachlos. Denn bisher hatte mein Meister meine Hilflosigkeit noch nie so deutlich der Öffentlichkeit preisgegeben. Jetzt aber war ich beinahe blind durch die Latexmaske und mein gelblich gummierter Kopf weithin sichtbar.

Meinem Herrn war es bitterernst. Als ich nicht schnell genug in meine Stiefel schlüpfte, verpasste er mir einen Knebel und drohte mit Handschellen. Der Knebel war ein rosa Gummiball, der die Maske tief in meinen Rachen drückte - durch die Farbe wie ein Signalfeuer.

So trat ich nach ihm aus seiner Wohnung und tastete mich zum Auto. Er platzierte mich auf dem Beifahrersitz und fuhr mit mir durch die Stadt. Auch wenn ich sie nicht sehen konnte, ich spürte die Blicke an den Ampeln, ungläubig, voller Geilheit und verstört. Man sah mich, das kleine Gummispielzeug meines Herrn.

Innerlich tobte ein Kampf zwischen meiner devoten Ader und meinem Unbehagen. Wollte ich etwa nicht, dass jeder wusste, dass ich sein Spielzeug war? Wollte ich nicht stolz verkünden: ich liebe es, von meinem Herrn erniedrigt zu werden?

Aber oftmals sind Phantasie und Realität zwei verschiedene Paar Stiefel. Und so blieb mir die Fahrt durch die Stadt als unangenehme Erfahrung in Erinnerung, die ich für meinen Herrn erduldete.

Er parkte das Auto in einem Parkhaus und führte mich dann über das Treppenhaus hinunter auf die Straße. Immer wieder hörte ich Leute, die plötzlich verstummten und dann hinter mir aufgeregt zu tuscheln begannen.

Es gab keinen Zweifel daran, dass ich der Grund war. Wenigstens sah man unter dem Latex meine Schamesröte nicht aufsteigen.

Wir betraten ein Geschäft und ich sah durch meinen Gummischleier, wie mein Herr ein Mädchen überschwänglich begrüßte. Sie umarmten sich und alberten ein wenig herum.

Ob ich das besagte Ding sei, hörte ich eine kichernde Stimme fragen, und mein Gebieter bestätigte ihr die Vermutung. Sie begrüßte mich knapp und nahm mich an der Hand. Ich solle ihr folgen und gehorchen, hörte ich von meinem Herren noch, als er das Geschäft wieder verließ.

Plötzlich fühlte ich mich ziemlich alleine, in einem Geschäft, das ich nicht kannte, von einer Frau geführt, die mir fremd war. Worauf hatte ich mich hier nur eingelassen?

Sie setzte mich auf einen Stuhl, und ich spürte plötzlich Schnallen, mit denen sie meine Arme und Beine fixierte.

Durch meine Latexhaube hörte ich ihre Stimme nur gedämpft. Sie erzählte mir von dem Tattoo, das ich heute bekommen sollte. Und von einem Piercing.

Über meiner Muschi wollte sie das Wort ‹Sklavin› verewigen und der Piercingring würde mein Verlobungsring sein.

Ich wollte mich wehren, doch es hatte keinen Sinn, wieder hatte mich meine devote Ader verraten. Gefesselt und unfähig, mich zu befreien, harrte ich der Nadel. Doch zuvor sollte noch etwas anderes passieren. Als das Mädchen den Reißverschluss meines Schritts öffnete, genoss ich zunächst den kühlenden Lufthauch an meiner Scham. Doch bevor das Tattoo Gestalt annehmen sollte, spielte das Mädchen mit mir! Erst war es, als tupfe sie fachmännisch den Schweiß von meiner Haut, doch schnell merkte ich, dass sie auf etwas anderes aus war. Ihre behandschuhten Finger glitten zunächst nur wie zufällig über meine Scham, dann bald gezielter mit dem Vorsatz, mich zu erregen.

Doch gerade, als meine Säfte zu fließen anfingen, hörte sie auf und setzte die Nadel an. Ein gehauchtes «Halt still» hörte ich noch, dann spürte ich, wie die Farbe unter meine Haut gejagt wurde.

Anfangs war der Schmerz unangenehm. Noch nie zuvor hatte ich die Farbnadel gespürt. Die weiche Haut meines Venushügels gab nach und ließ die Farbe eindringen, die mich für immer zeichnen sollte. Wie lange es dauerte, kann ich nicht mehr sagen. Ich war ganz mit mir und der Nadel alleine, während die Dame meinen Status als ewige Dienerin meines Herren in meine Haut ritzte.

Als sie fertig war, strich sie sanft über die gereizte und mittlerweile schmerzende Haut. Sie erklärte mir, ein antiseptisches Pflaster würde das Tattoo für die nächsten Tage vor Schweiß und Fremdeinflüssen schützen. Ich müsste nur noch einen Moment stillhalten, dann wäre schon alles vorbei. Ich sog die Luft ein und erstarrte. Das Eisspray nahm ich kaum wahr, dann spürte ich einen seltsamen Druck und schon wenige Sekunden später war es geschehen. Ich war gepierct. Durch meine Klitoris.

Sie schloss meinen Anzug wieder und band mich los.

Erst als ich mit beiden Beinen auf dem Boden stand, bemerkte ich, wie geschwächt ich doch war. Ich zitterte und der milchig verschwommene Eindruck durch das Latex verstärkte meine Hilflosigkeit noch. Ich taumelte und hätte sie mich nicht gehalten, ich wäre sicherlich gestürzt. Sie bugsierte mich auf ein Sofa und sagte, mein Herr würde gleich wieder bei mir sein.

Dann sah ich, wie sich ihre Umrisse entfernten. Ich dachte an meinen Herrn und fühlte ein warmes, pochendes Gefühl von meinem Unterleib aufsteigen. Ob es Schmerz oder Lust war, vermochte ich in meinem Zustand nicht zu sagen.

Aber - gibt es da für jemanden wie mich überhaupt einen Unterschied? Als er endlich kam, plauderten die beiden noch kurz miteinander. Ich verstand nichts, doch es kränkte mich, dass er sich mit ihr unterhielt, noch bevor er mich eines einzigen Blickes gewürdigt hatte.

Eine neue Welt

Es dauerte einige Zeit, bis mein Mal des Gehorsams und das Piercing-loch komplett verheilt waren. In dieser Zeit hat sich mein Meister mehr um die bevorstehende Hochzeit gekümmert als um mich. So sah ich mich selbst erst einige lange, schmerzende Tage später mit meinem Schmuck und meinem Tattoo, nachdem ich das Pflaster abnehmen durfte. Als ich letzteres sah, war ich doch erschrocken über seine Größe. Ungefähr eine Handbreit über meiner Klitoris stand in großen deutlichen Buchstaben:

‹SKLAVIN›.

Das Tragen von knappen Bikinis würde künftig zu einem Spiel mit dem Feuer werden, sofern ich mein Mal der Liebe verbergen wollte.

Tatsächlich verhielt sich mein Meister nun plötzlich anders als sonst. Seitdem ich das Tattoo hatte, war er sehr gefühlskalt zu mir. Er verbot mir jegliche sexuelle Befriedigung. Wenn wir Sex hatten, spielte er nach wie vor mit mir, aber es geschah nur zu seinem eigenen Vergnügen. Es schien mir, als lege er sogar Wert darauf, dass ich keinen Orgasmus hatte.

Am Abend kam er zu mir und befahl mir mit kalten Worten, ihm zu folgen. Ich trug lediglich ein kurzes Sommerkleid, obwohl es draußen bereits ziemlich kühl war.

Gemeinsam fuhren wir auf die Autobahn. Ich hatte inzwischen schmerzlich gelernt, dass unnötiges Fragen meinen Herrn nur erzürnte. So schwieg ich und wartete.

Wir fuhren nur wenige Kilometer, um an einem Rasthof zu halten. Er nahm mich bei der Hand und befahl mir, den Mund zu halten. Ich folgte ihm in die Herrentoilette, vorbei an einem älteren Herren, der sich gerade die Hände wusch.

Mein Herr schob mich in die hinterste Kabine und befahl mir, mich nackt auszuziehen. Still gehorchte ich ihm, doch in meinem Kopf rumorte es. Was hatte er mit mir vor? Ich hatte mir schon ab und zu vorgestellt, wie

es wohl wäre, auf einer öffentlichen Toilette Sex zu haben, aber irgendwie war es in der Vorstellung romantischer gewesen.

Er nahm das Kleid und meinen Slip, dann noch meine Schuhe, bis ich nichts mehr hatte. Sogar den Schmuck und meine Uhr nahm er mir ab. Dann musterte er mich noch einmal eingehend, und als seine Augen auf dem gewissen Schriftzug verweilten, lächelte er kurz abschätzig. Schließlich kam ein Satz, über den ich sehr lange nachgrübelte: Wenn ich die Richtige wäre, würde ich hier warten, mit dem Rücken zur Türe, und wissen, was er von mir verlangt. Außerdem sollte ich es nicht wagen, die Toilette zu benutzen oder mich selbst zu befriedigen. Wie lange würde er fortbleiben? Ich wusste es nicht. Und so fror ich bitterlich auf der Männertoilette, auf die Rückkehr meines Meisters wartend.

Ich hörte unzählige Männer ihr Geschäft verrichten, manche auf höchst unappetitliche Weise, und zweimal hörte ich dieses leise Stöhnen, das ich von meinem Meister kannte, wenn ich ihm meine Hand gab. Ich saß auf dem dreckigen Klo, wie befohlen war mein Blick der Türe abgewandt, und wartete, zitternd vor Kälte.

Um mir die Zeit zu vertreiben, wanderten meine Finger schließlich doch zwischen meine Schenkel. Für einige Sekunden war es ein unbeschreibliches Gefühl. Die Schauer, die mir über den Rücken jagten und meine Gänsehaut noch verstärkten, ließen mich unaufmerksam werden.

Ich versuchte mit aller Macht, nicht laut aufzustöhnen. Ich atmete tief und gleichmäßig, aber ich überhörte, wie sich jemand an der Tür meines Klos zu schaffen machte.

Als ich sah, wie die Klinke heruntergedrückt wurde, war es bereits zu spät. Verstecken hatte keinen Sinn, wohin hätte ich kriechen sollen? Und so stand ich nackt, mit meiner großen Tätowierung auf meinem Venushügel, die jedem Besucher ‹Sklavin› entgegenschrie auf der Männertoilette und erwartete den ungebetenen Besucher.

War es mein Herr? Ich senkte den Blick. Mit dem Rücken zur Türe musste ich einen verschreckten Eindruck machen. Ich wusste nicht - ob aus Scham über meinen Ungehorsam oder aus Angst -, wer es sein könnte, und brachte kein Wort heraus.

Die Tür schwang auf und das Licht der Lampen über den Spiegeln strahlte meinen Körper an.

Ich hörte zwei Männerstimmen. Dann wurde es dunkel. Man hatte mir eine Maske übers Gesicht gestülpt, noch ehe ich meinen Blick heben konnte.

Sie sprachen von mir wie von einer Ware und meinten, ich sei wie versprochen am vereinbarten Ort.

Durch den dunklen Stoff zwängte sich brutal ein Knebel in meinen Mund. Ich spürte Kabelbinder an meinen Füßen und Händen.

Schließlich wurde ich hochgehoben und unsanft über eine Schulter geworfen. Ich hörte, wie jemand lachte. Er sprach von meinem Arsch und einen Moment später klatschte es hart darauf.

Ein weiterer Mann musste die Toilette betreten haben, nun machten sie sich zu dritt über mich lustig. Einer bot seinem Freund an, mich einmal anzufassen, was dieser spürbar tat. Seine groben Finger berührten meine Brüste und drängten in meine Scham. Und wieder lachten sie. Allmählich bekam ich Panik. Ich wollte laut schreien, doch der Knebel hinderte mich daran. Dann trugen sie mich nach draußen. Immer wieder hörte ich ihre Stimmen, hörte, was sie mit mir vorhatten. Im Rhythmus meines Herzens schlugen die Worte meines Herren in mein Gehirn. Ich versuchte, mich zu beruhigen und irgendwie die Fassung zu bewahren, besser gesagt wiederzugewinnen.

Ich spürte die kalte Luft um meinen Körper, wir waren im Freien. Hände hatten mich an den Beinen und am Oberkörper gepackt, und das Nächste, was ich spürte, war, dass ich in ein Auto gelegt wurde. Handschellen rasteten ein, an meinen Händen und meinen Füßen; ein weiteres Paar fixierte mich am Auto.

Hatte mein Meister mich wirklich weggegeben? Hatte er schon genug von mir? Wer waren diese Männer und wohin würden sie mich bringen?

Ich begann leicht zu wimmern, und es stieg eine Angst in mir hoch, die mich aufzufressen drohte. Nur dumpf hörte ich zwei Männerstimmen, wie sie sich unterhielten. Zu sehr war ich Gefangene meines eigenen Rausches.

Im tiefsten Innern sagte mir eine Stimme, dass mein Meister mich liebte und dies nur ein weiterer Test war, den es zu bestehen galt. Er liebte es, mir zunächst Angst zu machen, um diese dann in wilde Lust und tropfende Geilheit umschlagen zu lassen.

Nach einiger Zeit hielt der Wagen. Ich wurde losgemacht und in den Keller eines Hauses geschleppt. Die Sprache der Männer war extrem derb. Sie redeten davon, mir erst einmal die Angst aus dem Arsch zu ficken. Einer der beiden hatte die Idee, alles zu filmen und damit etwas Geld zu machen. Der andere pflichtete ihm bei und wollte noch weitere Typen hinzuholen, die seiner Meinung nach sicherlich Spaß daran hätten, ein wehrloses Mädchen zu nehmen.

Mir wurde wieder Angst und Bange. Man zwang mich, mich an eine Art Pranger zu stellen. Meine Füße wurden mit klirrenden Ketten am Boden befestigt, und tief gebeugt musste ich Kopf und Arme in die dafür vorgesehenen Öffnungen stecken. Dann spürte ich plötzlich einen Schwanz, der steif an meinen Beinen entlangstrich, und hörte, wie jemand aufgeregt schrie: «Fick sie endlich!»

Bevor einer der Männer in mich eindrang, wurde es still um mich herum. Behutsam wurde die Maske abgenommen und ich blinzelte in die Augen meines Herrn. Ich weinte vor Freude, meinen Besitzer und Meister wiederzusehen, und in diesem Moment war es mir direkt peinlich, solche Angst gehabt zu haben.

Warum ich denn weine, fragte er mich, und ich antwortete ihm, dass ich mich einfach nur über seine Gegenwart freue.

Er lächelte und küsste mich inniglich. Im Hintergrund sah ich die beiden Männer, die mich hierher gebracht hatten. Es waren in der Tat derbe Kerle, wie ich später erfuhr, Mitarbeiter einer Spedition, die mein Herr gut kannte.

Er nickte ihnen zu, woraufhin sie mit einem breiten Grinsen im Gesicht verschwanden.

Ich zitterte am ganzen Körper. All die Angst, all die Anspannung fielen mit einem Mal von mir ab.

Zärtlich, so zärtlich wie schon lange nicht mehr streichelte er meine Wange und küsste meinen Tränen fort. Sanft liebkoste er meinen Körper und küsste immer wieder meinen Mund. Ich lachte und weinte zugleich, da mir bewusst wurde, wie weit ich meine ursprünglichen Bedenken hinter mir gelassen, wie weit ich schon meine Grenzen überschritten hatte. Ich hatte mich für meinen Herren in Gefahr begeben, in dem festen Glauben, dass er mich beschützte. Ich vertraute darauf, dass er genau wusste, was er tat. Mir fehlte nur der Weitblick dafür, alle Züge meines Herrn absehen zu können. Mein Körper zitterte noch immer, als mein Meister sich erhob und langsam um mich herumschritt.

Ich sei nun einen großen Schritt weiter und beinahe bereit für die Feierlichkeiten anlässlich unserer Hochzeit, sagte er leise und verschwand hinter mir. Ich hörte zwar weiterhin seine Schritte, konnte ihn selbst jedoch nicht mehr sehen, da mein Gesichtsfeld durch den hölzernen Pranger stark eingeschränkt war. Was ich erkennen konnte, versetzte mich allerdings in Staunen. Ich befand mich in einem luxuriös eingerichteten Folter- und S/M-Keller.

Mein Meister hatte mich zwar mit seinen Spielchen schon in verschiedenen Situationen erniedrigt, mal etwas versteckt in der Öffentlichkeit, mal beim Einkaufen, meist jedoch schon innerhalb der heimischen Wände. Aber dies hier war noch mal eine neue Welt für mich.

In diesem Verließ gab es zahlreiche Gerätschaften, deren Funktion mir nicht bekannt war, doch ich hatte so eine Vorahnung, dass ich sie alle schon bald kennen lernen würde.

Plötzlich spürte ich seine Hand, wie sie von hinten zwischen meinen Beinen hindurchfuhr und das Tattoo berührte. Die Schriftzeichen in meiner Haut erregten ihn sehr, das wusste ich. Schwer atmend ließ er seine Finger über meine Scham gleiten. Schon spürte ich den Saft zwischen meinen Schenkeln.

Der Rausch der Schmerzen

Was denn das höchste Gut wäre, das ich mir von meinem zukünftigen Ehemann und Besitzer erhoffen könnte, fragte er mich, während er beide Hände auf meinem Hintern ruhen ließ.

Ich überlegte. Zu gerne hätte ich ihn zur Antwort in mich aufgenommen, egal in welche Öffnung, aber das war es nicht, was er hören wollte. Das höchste Gut wäre es, antwortete ich schließlich, meinem Herrn auf ewig zu Diensten sein zu dürfen.

Als ich seine Lippen auf meinem Hintern spürte, wusste ich, dass ihm die Antwort gefiel. Er zog meine Backen auseinander, um meine Rosette mit der Zungenspitze umspielen zu können. Er vollführte kreisende Bewegungen und stieß seine Zunge immer wieder ansatzweise in mich hinein. Das hatte er noch nie zuvor getan. Ich genoss diese neue Art der Liebkosung sehr.

Das bedingungslose Akzeptieren von Erniedrigung und Schmerz, von Zurückweisung und Härte, von Umgestaltung und Bearbeitung sei es, was mich zu seiner Frau machen würde, sagte er, als das Zungenspiel endete. Ich solle mir den Weg zur perfekten Sklavin als einen Weg der Initiation vorstellen. Das Dienen stelle die erste Stufe dar, das Gehorchen und Ertragen die zweite und das bedingungslose Unterwerfen die dritte. Die letzte Stufe schließlich sei die absolute unumkehrbare Selbstaufgabe: als Puppe und Spielzeug würde sie selbst dann noch stumm bleiben und den Herrn aus großen, liebevollen Augen anblicken, wenn dieser des Spielzeugs überdrüssig geworden wäre.

Keinen Atemzug später sauste mit hellem Pfiff eine Gerte auf mein Hinterteil. Ich zuckte und biss die Zähne aufeinander, als der harte, brennende Schmerz meine Gedanken ansengte. Geistesgegenwärtig presste ich meine Dankesbezeugung hervor, denn ich wusste, dass mich zusätzliche Strafen erwarteten. Brav zählte ich diesen und die folgenden Schläge mit, so wie es sich gehört.

Wenn mein Meister glaubt, dass ich diese Art von Zuwendung nur über mich ergehen lasse, muss ich ihm ausnahmsweise einmal widersprechen. Schläge, ob mit der Gerte, mit dem Rohrstock oder seiner flachen Hand, habe ich zu keiner Zeit nur ‹ertragen›. Das wäre untertrieben und würde der Situation nicht gerecht. Denn schon sehr früh in unserer Beziehung war mir klar geworden, dass jede Art von Schmerz, die ich von ihm empfing, einem Geschenk gleichkam. Und wenn aufgrund der Schmerzen und dunklen Striemen auf meinem Arsch die ersten Tränen über meine Wangen liefen, dann war jede einzelne davon ein kleines diamantenes Dankeschön.

Also empfing ich die Schmerzen und fügte mich freudig in mein Schicksal, bereit, all das aufzunehmen, was mein Herr mir gnädigerweise schenkte.

Erst nachdem er mir ein Dutzend Schläge verabreicht hatte, ließ er von mir ab. Der Schmerz war angewachsen zu Wogen der Liebe, die an die Gestade meines Selbst schlugen und mit jedem Wellenschlag etwas mehr von mir mit sich ins Meer rissen.

Er trat näher an mich heran, umfasste meine Hüften und stieß in meine feuchte Spalte. Während er seine Lust an mir befriedigte, schlug er zwischendurch mit der flachen Hand auf die glühenden Striemen, was jedes Mal die Luft aus meinen Lungen trieb.

Doch mein Herr gewährte sich noch keine Erleichterung. Vielmehr begann er nun damit, meine Brüste abzubinden, die aufgrund meiner gebeugten Position nach unten hingen. Das Seil war straff und unerbittlich. Noch bevor er sein Kunstwerk vollendet hatte, leuchteten meine Brüste dunkelrot. Die Warzen, umsäumt von ihrem dunklen Hof, wiesen steil nach unten wie Stalaktiten. Die Krokodilklemmen mit den schwarzen, zapfenförmigen Gewichten hatte ich bereits in diversen Filmen gesehen, doch mein Herr hatte sie mir bisher immer vorenthalten. Nun zeigte er mir die Innenseite der Klammern. Entgegen meiner Vermutung waren sie nicht glatt, sondern wie Werkzeugklammern scharf gezackt. Ganz langsam näherte sich das erste Maul meiner Brust. Unbewusst atmete ich heftiger, den Schmerz erwartend, der sich gleich zu mir gesellen würde. Doch zu diesem Moment konnte ich noch nicht erahnen, was mir blühen sollte.

Mein Herr hielt das Maul der Klemme bedrohlich über meine Brustwarze, die er mit der anderen Hand gleichzeitig zog und massierte. Wie der Kopf eines Bändigers ragte sie immer tiefer in den Furcht erregenden Schlund des Krokodils hinein. Der Druck des Seiles, das angestaute Blut und des Meisters Finger verbanden sich zu einem dumpfen Schmerz, der mich wild stöhnen ließ. Doch als die Klammer plötzlich zuschnappte, sich ohne Vorwarnung in mein empfindliches Fleisch biss, raubte es mir fast die Sinne. Mir entfuhr ein spitzer Schrei und ich zerrte wild an meinen Fesseln. Dabei war der Gipfel der Schmerzen noch immer nicht erreicht, denn mein Herr hielt noch immer das zugehörige Gewicht in der Hand.

Aber seine Gnade sollte nicht lange andauern. Er ließ das Gewicht einfach fallen, die Zähne der Klemme bohrten sich tiefer in mein Fleisch und veränderten kontinuierlich den Druck durch das Pendeln des schwarzen Zapfens. Ich fühlte mich wie im Delirium, wie in einem Rausch des Schmerzes.

Noch einmal stieß er die Gewichte an, damit sie noch wilder schwangen, dann erhob er sich. Ich erwartete schon wieder Schläge auf meinen Allerwertesten, doch zunächst einmal passierte nichts. Ich solle ruhig bleiben, sagte mein Herr mit seiner samtenen Stimme, und mich nicht mehr bewegen. Die Warnung war trotz aller Sanftheit deutlich herauszuhören. Dann spürte ich heißes Wachs auf meinem Rücken und gleich darauf einen leichten Druck.

Ich glaubte bereits in diesem Moment zu erahnen, was er vorhatte, doch als ich später die Bilder sah, war ich überwältigt. Seelenruhig fixierte er elf Kerzen auf meinem Rücken. Und als er die letzte befestigte, fing die erste Kerze an, auf meine nackte Haut zu tropfen. Langsam wurde aus dem kleinen Tropfen ein Rinnsal und aus der Wärme Hitze. Ich hielt still, denn ich merkte schnell, dass dies noch am angenehmsten für meine Brüste war. Außerdem würde ich so kein Wachs verschütten. Doch aufgrund der gebückten Haltung schmerzte mein Rücken mittlerweile und ich wusste nicht, wie lange mein Herr dieses Spiel noch mit mir spielen wollte. Er ging um mich herum und sprach bewundernde Worte.

Er machte Fotos und betrachtete mich ausgiebig. Mir war, als könnte er sich nicht an mir satt sehen. Was für ein Gefühl, dass mein Gebieter mich so lange betrachten konnte, ohne dass ich ihm langweilig wurde! Das war doch ein Zeichen von Liebe!

Irgendwann lachte er und küsste mich wild. Ich spürte seine Zunge in meinem Mund, wie sie sich mit meiner paarte, und versuchte ihn so lange wie möglich an meinen Lippen zu halten. Wenn er mich berührte, war der Schmerz nicht so schlimm. Mit ihm war alles erträglich.

Er liebte es, wenn ich litt, gestand er mir, als er den Kuss beendete und einen Vibrator holte. Er zögerte nicht lange, sondern drängte das ungefähr daumendicke Spielzeug in meinen Hintereingang und startete es. Mit laut hörbarem Brummen erledigte das Plastikding seine Arbeit. Mein Problem war nur, dass der Vibrator zu klein war für meinen geweiteten Hintern. Ich musste alle Kraft aufwenden, ihn festzuhalten, damit er mir nicht entglitt. Das hätte meinen Meister enttäuscht, wenn ich diese Penetration abgelehnt hätte. Doch dadurch dass ich meinen Muskel so fest um das summende Gerät schloss, schossen die Wellen der Lust umso intensiver durch meinen Körper. Gleichzeitig brachte mich die Vibration in Bewegung, was dazu führte, dass ich viel Wachs vergoss.

Als meine Zuckungen immer wilder wurden und ich dem Höhepunkt immer näher kam, nahm mein Herr die Kerzen ab, um sie vor dem Umfallen zu bewahren. Dann meinte er, mein Ungehorsam, ohne seine ausdrückliche Anweisung geil geworden zu sein, müsse bestraft werden. Ich stimmte ihm zu und entschuldigte mich.

So leicht sei es dieses Mal nicht! Schließlich befände ich mich auf dem Weg in die lebenslange Sklaverei und da sollten mir seine Befehle wie göttliche Gesetze erscheinen, herrschte er mich an. Ich blickte zu Boden und erwartete meine Strafe. Doch sie kam nicht. Ich solle mir selbst überlegen, welche Strafe angemessen sei, bedeutete er mir und damit entließ er mich aus meinem Gefängnis.

Dusche

Als er wieder mit mir sprach, hörte ich Vorfreude in seiner Stimme. Er erzählte mir, wie er sich das gemeinsame Leben vorstellte, wie ich ihm dienen sollte.

Ich sollte mir im Klaren darüber sein, dass ich meinen Sklavenstand auch vor anderen Menschen kenntlich machen müsste. Meine persönlichen Limits, die momentan noch existierten, würden nach der Heirat verschwinden und fortan nur noch seine Grenzen gelten. Er sagte, dann würde ich nur noch in seinem umzäunten Garten der Perversion spielen. Meine Angst, meine Scham, mein Ekel müssten verschwinden. Wenn mein Gebieter zu jenem Zeitpunkt nur schon gewusst hätte, dass sich tief in meinem Innern dieser Wandel bereits vollzog!

Ich wollte es ihm beweisen. Ich hatte meinen transparenten Latexanzug, der nur meinen Kopf freiließ, übergezogen und mich neben der Toilette auf die Knie fallen lassen. Dort wartete auf ihn. Die Strafe stand noch immer aus und ich hatte mir etwas ausgedacht.

Bei dem Gedanken an die bevorstehende Tat jagte es mir kalte Schauer über den Rücken. Um meinen Herren zu erfreuen, hatte ich mir einen aufblasbaren Analstöpsel eingeführt. Ich fing an, bis 20 zu zählen, dann pumpte ich den Plug etwas mehr auf. Dies wollte ich so lange, wiederholen, bis mein Gebieter nach mir sehen würde. Bereits beim ersten Pumpstoß bemerkte ich, wie er sich tief in mich hineinsaugte. Wieder zählte ich zwanzig Fliesen ab, um nochmals zu pumpen. Ich spürte, wie mir ein kleines Rinnsal den Rücken hinabbrann. Mein Herz klopfte mir bis zum Hals. Ich dachte, mein Meister müsste es schlagen hören, so laut hämmerte es gegen meine Schläfen.

Wieder ein Pumpstoß - es musste mittlerweile der siebte, vielleicht sogar der achte oder neunte sein! Mein Herz schlug nun auch in meinem Darm gegen den Eindringling und pulsierte schnell und hart.

Beinahe hätte ich die Schritte meines Gebieters überhört. Ich kniff meine Augen zusammen und versuchte mich zu konzentrieren. Als ich sie wieder öffnete, stand er schon in der Türe und sah mich fragend an.

Sein Blick hatte sich in den Tagen seit seinem Antrag auch verändert. Er schien die transparente Latexhaut, die mich bis auf wenige Ausnahmen ständig umgab, nicht mehr wahrzunehmen. Für ihn war ich nackt. Ich lächelte ihn an und wartete auf die Erlaubnis, zu sprechen. Er nickte kurz und lehnte sich an den Türrahmen. Beiläufig musterte er den Pumpball, der zwischen meinen Schenkeln lag.

Ich atmete tief ein, dann eröffnete ich meinem Herrn, dass ich eine meiner eigenen Grenzen einreißen wollte, dass ich einen weiteren Schritt auf dem Weg in seinen Garten tun wollte.

Er lächelte und sagte nur, ich solle den Pumpball viermal drücken. Schweren Herzens folgte ich seinem Befehl und begann noch mehr Luft in meinen After zu pumpen.

Es dauerte einen kleinen Augenblick, bis ich mich an den neuen Druck gewöhnt hatte. Mein Schließmuskel krampfte sich zusammen und doch stand er bereits etwas auseinander. Es fühlte sich an, als könnte mein Darm

den Plug nicht länger halten, doch gleichzeitig war er zu groß, um herauszurutschen. Dieses Gefühl machte mich wahnsinnig, ich liebte es.

Gerade als ich ansetzte, ihm mitzuteilen, was nun meine Strafe sein sollte, befahl mir mein Meister, ihm meinen Hintern zu präsentieren. Selbstverständlich gehorchte ich. Und während mein Gesicht auf den kalten Fliesen lag, reckte ich meinen Arsch nach oben. Der Pumpball hing zwischen meinen Schenkeln. Er nahm ihn in die Hand und sagte, er würde pumpen, während ich spräche. Ich antwortete ihm, dass ich verstanden hätte, und schon trieb er zwei weitere Male Luft in das Gummiprojektil, das mich von innen her dehnte. Ich atmete mehrere Male tief ein und überlegte mir die Worte gut. Dann gestand ich ihm, dass ich mich sehr glücklich schätzen würde, wenn er sich fortan nicht mehr ins Klo entleeren, sondern seinen goldenen Saft mit mir teilen würde. Dies gehöre zu den Tätigkeiten, die von einer Sklavin erwartet werden, und denen wollte ich selbstverständlich weiterhin entsprechen.

Er hatte nicht aufgehört zu pumpen, während die Worte, bald nur noch stoßweise, meinen Mund verließen. Mein Darm presste hart gegen den Eindringling, wollte ihn reflexartig loswerden, doch meine Öffnung war viel zu klein, um mich von einem solchen Monstrum einfach befreien zu können. Anstatt auf mein Angebot einzugehen, packte mein Meister den Plug am Schaft und fing an, ihn in meinem Loch hin und her zu drehen.

Ich war so feucht, dass der erste Tropfen auf den Fußboden fiel. Nachdem er sich eine Weile so mit mir beschäftigt hatte, ließ er mich, ohne ein Wort zu verlieren, ganz unvermittelt allein. Ich zitterte am ganzen Körper und drohte wahnsinnig zu werden von dem Druck, der in mir herrschte und mich zu zerreißen drohte. Dennoch wagte ich es nicht, mich auch nur zu rühren, geschweige denn Luft aus dem Dildo abzulassen. Ich versuchte ruhiger zu atmen, um die Schmerzen irgendwie erträglicher zu machen, vergebens. Mein Darmmuskel krampfte und drückte ohne Aussicht auf Erfolg. Allmählich begann die Mauer meiner Leidensfähigkeit zu bröckeln und ich überlegte, ob ich nicht einfach etwas Luft ablassen sollte. Er würde es nicht merken, redete ich mir ein. Doch damit machte ich mir nur etwas vor.

Meine Rosette klaffte einige Zentimeter auseinander und präsentierte das Gummiungetüm in mir, außerstande allerdings sich so weit zu dehnen, es entweichen lassen zu können.

Bevor mich meine törichten Gedanken überwältigen konnten, war mein Herr wieder zurück. Mit ein paar schnellen Handgriffen hatte er meine Hände über Kopf am Heizkörper gefesselt. Dann folgten ein - wie sollte es anders sein - aufblasbarer Knebel und eine Augenklappe. Ich hörte, wie er hinter mir etwas Metallenes in Position brachte.

Später erklärte mir mein Gebieter, worum es sich dabei handelte: um einen Kompressor.

Er ließ die Luft aus meinem Plug und zog ihn heraus, nur um mir gleich darauf einen anderen einzuführen. Der neue Plug zeichnete sich durch ein besonderes Merkmal aus: er besaß einen durchgehenden Schlauch, der mich für Flüssigkeiten aller Art zugänglich machte.

Die Momente der Entspannung, als die Luft entwich, genoss ich sehr. Ich erachtete es als Gnade seinerseits, doch inzwischen weiß ich, das war die unvermeidliche Ruhe vor dem Sturm.

Während mein Gebieter den Stöpsel in meinem Arsch mit der Maschine verband, bemerkte ich, dass mein Knebel ebenfalls einen Schlauchanschluss hatte, eine kleine Öffnung, die es mir momentan leichter machte, zu atmen.

Ich solle mir stets vor Augen halten, dass der heutige Tag ein Tag meiner Buße sei, sagte mein Herr und schaltete den Kompressor ein. Es brauchte nur den Bruchteil eines Augenblicks, dann hatte der Plug wieder seine alte Größe, nur dass er dieses Mal, aufgrund der komprimierten Luft, die diese Höllenmaschine ausspie, steinhart war.

Den Druck kontrollierte der Meister über eine Anzeige.

Später gestand er mir, dass er an mir eine ganz neue Stufe der Dehnung ausgetestet hatte.

Dann hörte das Tuckern der Maschine auf und mit ruhigen Worten erklärte er mir, was er tat. Er wollte den Schlauch, über den die Luft in den Stöpsel gepumpt worden war und der mich so pervers tanzen ließ, mit einem festen Knoten versehen und ein Stück weiter hinten abschneiden. Dieses Ende würde er luftdicht verschweißen, sodass keine Luft mehr entweichen könnte. Der Druck ließe sich dann nur noch dadurch regeln, dass man den Schlauch zerschnitt.

Mein Herz pochte laut. Was hatte er mit mir vor? Ich wand meinen Unterleib hin und her, denn die Gummifaust in mir schmerzte höllisch, sie zerriss mich beinahe. Ein scharfer Schmerz beherrschte in diesem Moment all mein Denken und Fühlen, mein ganzes Bewusstsein.

Dann umfing er meinen Arsch fest mit seinen Händen. Er meinte, ich sei nun versiegelt, und begann mit seiner Zunge um meine weit geöffnete Rosette zu streichen. Mit aller Gewalt versuchte ich meine Gedanken zu ordnen, was mir jedoch nicht wirklich gelang. Seine Zunge fühlte ich nur durch einen Schleier, obwohl ich in diesem Moment nichts mehr herbeisehnte, als sie ganz intensiv auf meiner Haut zu spüren.

Schon seit Tagen hatte er mich nicht mehr zärtlich und liebevoll berührt. Und nun kreisten meine Gedanken unablässig um dieses Gummiding in meinem Arsch!

Ich stöhnte, spürte, wie mein Geifer am Knebel entlanglief, meine Schenkel feuchter wurden und ich hinabgerissen wurde in einen neuerlichen Strudel der Geilheit. In diesem Moment hätte ich alles, ausnahmslos alles für ihn getan. Egal welchen Wunsch er geäußert hätte, ich hätte ihn erfüllt, nur um diesen Druck erträglicher zu machen. Eine Hand passte gut bei mir rein, doch das, was jetzt in mir steckte, war mehr, viel mehr!

Nachdem er mich etwas liebkost hatte, ging er endlich auf meine Bestrafung ein. Er sagte, dass er meinen Vorschlag zwar als Fortschritt auf meinem Weg zur Hochzeit empfinde, allerdings nur als einen sehr kleinen. Deshalb wolle er diesen etwas ausschmücken, unter anderem mit dem Kompressor und dem versiegelten Dildo in meinem Inneren. Dennoch sei dies nur der Anfang.

Ich spürte, wie er wieder an meinen neuen Innereien herumspielte, konnte aber nicht erkennen, was genau er tat.

Dann meinte er, er sei bereit, seinen goldenen Nektar fortan mit mir zu teilen. Doch da ich ihn darum gebeten hätte, wäre es eigentlich keine Strafe mehr, sondern ein Entgegenkommen, eher das Erfüllen eines Wunsches. Außerdem sei die regelmäßige Einnahme seines Saftes ohnehin die Grundlage für alle folgenden Erziehungsstufen und Pisse stelle einen Genuss, seine Pisse sogar einen Hochgenuss dar.

Plötzlich gesellte sich noch etwas anderes zu dem Reißen an meiner gespannten Rosette. Tief in mir gluckerte es, fühlte ich Flüssigkeit. Ich nahm meine letzten Kräfte zusammen und versuchte zu erspüren, was mein Gebieter mit mir tat.

Etwas später musste ich mir meine Bestrafung mit ihm zusammen auf Video ansehen. Ich lag auf seinem Schoß, meinen Arsch nach oben gereckt, ausnahmsweise ohne Plug. Stattdessen hatte er mich mit einem Spekulum geöffnet und blies mir ab und zu Küsse in mein geweitetes Loch. Aber nun fahre ich fort:

An meinen Dildo waren nun mehrere Schläuche und noch andere Utensilien angeschlossen. Von einem Trichter aus führte ein Schlauch in einen Beutel, der seinerseits über einen Ausgangsschlauch und einen Blasebalg verfügte. Der Ausgangsschlauch wurde mit dem Schlauchstutzen, der in meinen Arsch führte, verbunden und der Trichter in Pissoirhöhe am Handtuchhalter befestigt.

Ohne groß zu zögern, entleerte sich mein Herr in den Trichter. Die goldgelbe Flüssigkeit lief in den Beutel und sammelte sich dort. Der Pegel im Beutel stieg und stieg, bald war beinahe der ganze Beutel gefüllt. Entspannt und betont langsam schraubte mein Herr den Trichter ab und verschloss den Beutel mit seinem Urin. Dann verband er den Kompressor mit dem Blasebalg und drängte seinen Saft mit Hochdruck in meinen Darm.

Tiefer und Tiefer. Ein seltsam warmes und wohliges Gefühl breitete sich in meinem Innern aus - ich trug das, was vor kurzem noch in meinem Gebieter war, nun in mir.

Im Nachhinein erfüllt mich dieser Gedanke mit noch größerer Freude. Gab es ein wertvolleres Geschenk für mich, die Sklavin, als seinen Nektar verwahren zu dürfen?

Die Aufnahme seines Saftes hingegen war leider nicht besonders angenehm für mich. Denn die enorme Menge seines Urins drängte unnachgiebig in meinen Darm, dorthin, wo schon der betonharte Plug keinen Millimeter weichen wollte.

Doch erneut musste ich feststellen, wie mein Körper und meine Empfindungen mich täuschten. Denn mein Gebieter ließ die gesamte Flüssigkeit in mir verschwinden ... nein, ich verschlang sie, lud sie ein, in meinem geräumigen Darm zu verweilen.

Nun verschloss mein Herr auch diesen Schlauch und ließ mich mit einem nie zuvor gespürten Druck alleine. Die Dunkelheit verstärkte den Schmerz und aus dem friedlichen Gluckern wurde schnell ein wildes Rumoren. Ich hörte ihn nicht mehr und durch die Maske war ich blind. Der Knebel machte mich zudem stumm und so hatte ich keine Möglichkeit, auch nur irgendetwas zu unternehmen.

Das Einzige, was ich neben dem Schmerz in meinem After wahrnahm, war das Hinabrinnen meines Lustsaftes an meinen Schenkeln.

Plötzlich hörte ich ein leises Ticken. Mein Herr hatte sich angeschlichen und eine kleine Küchenuhr aufs Waschbecken gestellt. Er küsste mich auf die Wange und hauchte mir dabei sanft ins Ohr, dass er nun mit mir spielen wolle. Sollte ich auch nur einen Laut von mir geben, würde sich die nächste Stufe seines Spiels automatisch um dreißig Sekunden verzögern. Jede größere Bewegung würde sogar sechzig Strafsekunden nach sich ziehen.

Ich nickte, als er mich fragte, ob ich verstanden hätte. Danach versuchte ich das Winden unter dem Druck, so gut es ging, zu unterlassen. Instinktiv versuchte ich, ruhiger zu atmen, als ich plötzlich Wäscheklammern an meinen Brüsten spürte. Sie kniffen erst links, dann rechts neben eine Brustwarze, dann war die andere Seite dran. Wieder setzte er Klammern an, und als der spitze Schmerz langsam abstumpfte und zu einem mulmigen Druck wurde, spürte ich den Rohrstock auf dem Arsch. «Sechzig Sekunden», mehr sagte er nicht.

Ich versuchte mich erneut zu sammeln und die Tortur, die Folter - denn etwas anderes war es zu diesem Zeitpunkt nicht mehr - irgendwie über mich ergehen zu lassen, meinem Herrn zuliebe. Es folgten noch einige Wäscheklammern, bis er sein Werk schließlich mit zwei Gewichten krönte. Die gezahnten Klemmen bissen sich in meine Brustwarzen und das Gewicht zog unerbittlich an meinem Fleisch. Aber ich blieb still. Wieder sauste ein Hieb auf mein Fleisch, doch ich blieb stumm. Ich ertrug es. Der dritte Hieb und ich war ganz tief in mir, wie in einem Kokon. Beim vierten Hieb öffnete sich in mir eine kleine Tür. Beim fünften Hieb war ich an der Tür. Beim sechsten hindurch. Das Klingeln eines Weckers holte mich zurück in die Gegenwart. Gleichzeitig ließ der Druck in meinem After nach. Er wurde wieder erträglich, was jedoch dazu führte, dass die Flüssigkeit in mir umso vehementer rumorte und nach außen drängte.

Er nahm mir die Augenbinde ab, lächelte mich voll Güte an und sagte mir, meine Entschuldigung sei hiermit angenommen. Ich solle nur noch austrinken, dann würde er für heute keine weiteren Strafen mehr ansetzen.

Bevor ich einen Mucks von mir geben konnte, knebelte er mich und verband den Schlauch aus dem Knebel mit meinem Darm. Noch hielt eine Klemme die Flut zurück. Ich solle tief einatmen und bereit sein zu schlucken, ermahnte er mich, dann entfernte er die Klammer.

Es war so wunderbar, den Druck in meinem Darm weiter zu senken, doch gleichzeitig mit dem ersten Gedanken der Erleichterung schoss der in mir gestaute Saft in meinen Mund. Ich beeilte mich zu schlucken und dabei nicht zu husten, was mir unter größter Anstrengung zum Glück auch gelang.

Zug um Zug rann die bittere Flüssigkeit meine Kehle hinunter, mit der mein Herr meinen Darm gesegnet hatte. Und als ich mich an den Rhythmus gewöhnt hatte, blickte ich zu ihm auf, sah sein zufriedenes Lächeln und war glücklich.

Ich, Sklavin

Nach einer entspannenden Dusche und gründlichen Reinigung lag ich im Bett und mein Meister streichelte sanft über meinen Rücken. Tief atmend genoss ich seinen Nachgeschmack in meinem Mund, dieses herbe, salzige Nass, das ich geschluckt hatte, als Entschuldigung für meine Verfehlung.

Ich dachte daran, was vorhin mit mir geschehen war, was sich da in meinem Bewusstsein abgespielt hatte.

Schon früher musste ich immer wieder feststellen, dass der Körper imstande ist, deutlich mehr zu ertragen, als Schmerzen uns glauben lassen möchten. Doch ich glaube, dieses Mal hatte ich die Grenze erreicht. Sollte ich es ihm sagen? Nein, ich schwieg, wollte mich ganz verlieren in der Stille und Liebe, die er mir gerade wieder zuteil werden ließ.

Wie zärtlich seine Hände über mich strichen, wie liebevoll er mich ansah.

Ich drehte mich auf den Rücken und begutachtete meine Tätowierung, diesen unverrückbaren Hinweis auf meinen Status. Ich war Sklavin, seine Sklavin.

Ich, Sklavin ...

... war bereit, die letzten Bastionen meines freien Willens und meiner eigenen Persönlichkeit aufzugeben. Ich wollte mich ganz bewusst zu einem Objekt degradieren und in die Form pressen lassen, die mein Herr für mich vorgesehen hatte.

Man ist geneigt, diese Art Hingabe für verrückt zu halten, aber das stört mich nicht. Ich habe meinen Weg gefunden und ich beschreite ihn stolzen Schrittes.

Leider gibt es nicht viele, die meinen Weg verstehen, geschweige denn akzeptieren können. Mit meinen besten Freundinnen sprach ich darüber, da ich sie bei unserer Hochzeit dabei haben wollte. Ihre Blicke waren entsetzt, unschlüssig und vielleicht sogar etwas neugierig, aber keine von ihnen konnte nachempfinden, wie mein Leben nun sein würde.

Ich sei verrückt, meinen eigenen Willen dem meines Meisters unterzuordnen, sagte mir die eine. Ich sei doch nur sein Sexspielzeug, meinte eine andere. Und ich nickte, ja, sein Spielzeug. Und wenn er mit mir spielte, war es einfach wunderbar.

Um ihre Versuche, mich umzustimmen, ein für allemal abzuwehren, hob ich schließlich meinen Rock und präsentierte ihnen mein Stigma. Die Stille, die darauf folgte, war eisig.

Mit einem Mal wurde mir ganz schwer zumute. War es wirklich so schwer nachzuvollziehen, was ich fühlte? War ich wirklich krank und nicht mehr in der Lage, klare Entscheidungen für mein Leben zu treffen?

Jedenfalls beendeten wir an jenem Tag, als ich meine Passion darlegte, unser Treffen früher als sonst. Nur eine Freundin blieb bei mir. Unter vier Augen wollte sie mit mir über meine Wahl sprechen, über meine Passion und meine Bereitschaft, diesen Weg zu gehen.

Sie blickte mir tief in die Augen und ich spürte, wie sie zögerte, wie sie sich unsicher war.

Sie sei noch immer etwas verwundert, begann sie schließlich. Sie biss sich auf die Unterlippe und sah mich auf einmal merkwürdig an. Nach einer langen Pause fragte sie mich mit leiser Stimme, ob sie meine Tätowierung noch einmal sehen könne.

Ich willigte ein und hob erneut meinen Rock. Sie ging vor mir in die Hocke und betrachtete neugierig meine Haut und die Farbe, die mir dort hineingestochen worden war. Auf ihre Frage, wer mir das Tattoo denn gemacht hätte, konnte ich keine Antwort geben. Ich erzählte ihr stattdessen von den Umständen, unter denen ich es erhalten hatte.

Sie hing gebannt an meinen Lippen. Als ich fertig war, hatte sie ihre Scheu überwunden und meinen Slip ein wenig heruntergezogen, um das Wort in seiner Gänze zu betrachten. Da stand ich also auf der Treppe im Haus meiner Eltern und meine beste Freundin streichelte sanft über die Lettern meiner Demut. Ich konnte einen kleinen Seufzer nicht unterdrücken.

Da erhob sich meine Freundin und sah mir fest in die Augen.

Ein Kuss zwischen uns war nichts Besonderes. Wir küssten uns, wenn es uns gefiel, doch der nun folgende Kuss war anders. Ich fühlte ihre Lippen auf meinen, fühlte ihre Hand, die sich um meinen Hals schlang und mich an sie drückte. Ich spürte, wie ihre Zunge um Einlass bat, und ich gewährte ihn. Unsere Zungen liebkosten sich gegenseitig, und in meiner Phantasie sah ich sie bereits als meine Herrin, wunderschön, grazil und mit großen dunklen Augen, die so kalt wie Mondseen, aber niemals abweisend waren.

Ich solle mich entkleiden und ihr in mein Zimmer folgen, sagte sie und sprang die Treppe hinauf. Ich war wie vom Donner gerührt. Was verlangte sie von mir? Mit einem Mal war meine allerbeste Freundin, die Person, die ich am besten kannte, eine völlig fremde Person geworden. Nie hatte sie mir von ihren Neigungen erzählt. Oder war es nur ein Spiel? Wollte sie mich testen und sehen, wie weit ich gehen würde?

Ich überlegte kurz, dann zog ich mich aus. Es war nicht das erste Mal, dass sie mich nackt sehen würde, und vielleicht wollte sie mich wirklich nur testen. Auf Zehenspitzen schlich ich die Stufen hinauf ins Obergeschoss und fand mich nackt im Türrahmen meines Zimmers stehend wieder.

Sie drehte sich um, schlug die Hände vors Gesicht und lachte. Ich sei also wirklich eine Sklavin, sagte sie, und die Tätowierung sei damit wohl auch echt und kein abwaschbares Bildchen. Ich nickte, und als sie auf mich

zukam, bemerkte ihr Zögern. Sie ging einmal um mich herum und musterte mich, als sehe sie mich das erste Mal.

Ich würde es also mögen, wenn man mich erniedrigte, stellte sie fest. Ich nickte wieder und sah keusch zu Boden, fast so, als stünde ich vor meinem Herren. Dann spürte ich ihre Hand auf meinem Hintern. Sie strich sanft über meine Rundung und ich musste lächeln, denn ich spürte, wie sie zitterte. Sie war sich in dieser Rolle nicht sicher. Gleichzeitig war ich mir sicher, dass es sie erregte. Und das war der Grund, warum ich mich nicht widersetzte, sondern ihr dieses eine Mal die dominante Rolle meines Meisters übertrug.

Wo ich ihn versteckt habe, wollte sie wissen. Sie wusste von meinem Vibrator, denn ich hatte ihr verraten, dass ich einen besaß. Würde ich ihr nun sagen, wo er war, sie würde noch vieles mehr finden als nur meinen Lustspender aus Teenager-Zeiten. Sie schlug mich vorsichtig auf meinen Hintern, ich solle ihr antworten. Und dann sagte sie es: Sklavin!

Sie nannte mich bei meinem neuen Namen! Und aus ihrem Mund klang es so wunderbar! Ich deutete stumm auf die unterste Schublade meiner Kommode. Sie nickte zufrieden und tätschelte meinen Arsch. Doch kurz bevor sie meine Schatzkammer erreichte, drehte sie sich noch einmal zu mir um und befahl mir, auf die Knie zu sinken. Auf allen vieren sollte ich zu ihr kriechen und selbst meine Sexspielsachen präsentieren.

Ich tat wie befohlen, kroch langsam zu ihr und öffnete die Lade. Ich hob die Lage Stoff an, die ich sorgfältig über mein Spielzeug gelegt hatte und wagte es nicht, meiner Freundin ins Gesicht zu sehen. Ich glaube, ich wurde rot.

«Oh mein Gott!», rief sie aus. Ich sei eine Schlampe, lachte sie und warf sich auf mein Bett. Ich solle ihr die einzelnen Spielzeuge präsentieren und genau erzählen, was ich damit machte, forderte sie mich auf. So allmählich fand sie sich in ihre Rolle hinein.

Mein Herz raste. Was hatte ich mir nur dabei gedacht, meinen Freundinnen von meiner Neigung zu erzählen? Auf der anderen Seite, welche Reaktion hatte ich erwartet? Ablehnung wahrscheinlich. Aber diese winzige Chance, dass es akzeptiert würde, hatte ich daran wirklich gedacht?

Ich griff nach meinem Luststab, denn diesen kannte sie wenigstens vom Hörensagen. Dies sei mein Vibrator, sagte ich ihr, mit ihm befriedigte ich mich des Öfteren, sofern es mein Herr nicht verbot.

Sie lag auf meinem Bett, grinste breit und forderte mich auf, mehr zu erzählen. Also erklärte ich ihr, ich würde ihn in meine feuchte Muschi einführen und mit der sanften Vibration meine Klitoris stimulieren. Sie lächelte zufrieden und deutete auf meine Schublade. Was ich denn sonst noch hätte, fragte sie schnippisch, während sie sich auf meinem Bett räkelte.

Ich präsentierte ihr noch meine Latexunterwäsche, meine Handschellen, einen Rohrstock, Klammern für meine Brustwarzen und einen Knebel. Ich erläuterte, wie mein Meister diese Dinge an mir zum Einsatz brachte und wozu ich so manches Spielzeug auch selber benötigte. Als Letztes blieben noch meine Analstöpsel in meiner Schublade zurück.

Ich hatte gehofft, sie nicht herzeigen zu müssen, hatte gehofft, irgendwas würde mich davor bewahren, diese Werkzeuge der Lust vorführen zu müssen. Es war ein kleiner und ein großer aufblasbarer Plug. Der größere hatte einen Schlauch im Innern, mit dem man Flüssigkeiten in den Darm leiten konnte.

Zögerlich holte ich den kleineren der beiden aus der Schublade. Ich hielt ihn hoch und zeigte ihn meiner Freundin. Mein Kopf glühte vor Scham. Ich sah ihre Augen diabolisch funkeln. Wozu dieses Spielzeug gut sei, wollte sie wissen und lächelte genüsslich. Ich schluckte und begann stockend mit meinen Ausführungen. Dies sei ein Analstöpsel und man verwende ihn, um Lustgefühle zu erzeugen. «Wo führt man dieses Spielzeug ein?», fragte sie mich süffisant. «In den After», antwortete ich ihr kleinlaut. Sie lachte. Dann warf sie sich auf den Bauch und wandte sich mir zu. Ich solle eine vernünftige Antwort geben, herrschte sie mich an.

Sofort richtete ich meinen Oberkörper auf, senkte den Kopf und sprach laut und deutlich, dass man den Stöpsel in den Arsch der Sklavin stecke. Über meine Reaktion waren wir beide überrascht. Ich konnte im ersten Moment nicht fassen, dass ich das wirklich gesagt hatte, und sie war wohl fasziniert, welche Abgründe sich hinter meiner Fassade auftaten.

«Steck dir den Stöpsel rein!», rief sie aus. Außerdem solle ich mich umdrehen und meinen Hintern präsentieren. Sie freute sich wie ein kleines Kind. Immer wieder feuerte sie mich an. Als ich zögerte, griff sie kurzerhand nach dem Rohrstock und schlug mir sanft auf die nackte Brust. Dieses Mal war es nicht der Schmerz, der mich zusammenzucken ließ, sondern die plötzliche Lust meiner Freundin, mich zu demütigen. Sie wollte

sehen, wie ich mir vor ihren Augen mein intimstes Spielzeug in den Arsch steckte! Und sie schreckte nicht davor zurück, dieser Forderung auch durch einen wohl platzierten Hieb Ausdruck zu verleihen.

Wieder zögerte ich, doch mittlerweile hatte sie sich gut in die Rolle eingefunden. Bestärkt durch mein Ertragen der Rohrstockzüchtigung, schlug sie fester zu, um mich anzutreiben. Der Schmerz brannte auf meiner Brust und um weiterer Züchtigung zu entgehen, spuckte ich auf den Plug, leckte ihn kurz feucht und führte ihn behutsam ein.

Dann ging ich auf alle viere und präsentierte meiner besten Freundin meinen gestopften Arsch. Wie viel ich den aushalte, fragte sie, während sie nach dem Pumpball griff. Wahrheitsgemäß antwortete ich, dass mein Meister meine Grenzen festlege. Sie pumpte den Plug ein wenig auf, und als ich stöhnte, schlug sie hart auf meinen Hintern.

Ich solle mich unterstehen, eigenmächtig Spaß daran zu haben. Erst wenn sie es sagte, dürfte ich wieder Lust empfinden. Als ich ihren Befehl bestätigte, endete mein Satz bereits mit ‹Herrin›. Sie lachte und freute sich.

Ob sie mich den anderen beim nächsten Treffen auch so präsentieren solle, fragte sie mich und pumpte wieder ein wenig mehr. Es war ein angenehmer Druck.

Nun wollte sie auch das übrige Spielzeug ausprobieren. Mit Freude legte sie mir den Knebel an, fesselte mich mit den Handschellen an den Heizkörper und ließ die Klemmen in meine Brustwarzen schnappen. Es hatte keine halbe Stunde gedauert und aus meiner besten Freundin war eine Domina geworden.

Und aus mir?

Ich glaube, ich hatte einfach meine Hülle abgelegt und es kam wieder das zum Vorschein, was ich bin: eine Sklavin. Gefesselt und fachgerecht ausgestattet war ich nun nicht meinem Herrn ausgeliefert, sondern meiner Freundin. Allein dieser Gedanke erregte mich über alle Maßen. Ich schwitzte leicht und hatte Mühe, meine Lust auch nur ansatzweise zu unterdrücken.

Gerade erwartete ich den nächsten Schlag, als sie den zweiten, größeren Plug bemerkte. Sie griff danach, dann schien sie zu überlegen. Aufgrund des Knebels waren mir Antworten nicht mehr möglich. Ich musste ergeben meinem weiteren Schicksal harren.

Ich spürte einen vorsichtigen Zug an meinem Plug. Ganz langsam zog sie daran, neugierig, wie weit sich das Teil wohl in mir aufgeblasen hatte. Mein Schließmuskel weitete sich bereitwillig ein wenig und ließ die Latexblase herausgleiten.

Der sei schon ziemlich groß, meinte sie, doch ich wohl schon einiges mehr gewöhnt. Dann fragte sie mich etwas, was ich hier unverändert wiedergeben möchte, denn solche Worte aus dem Mund der besten Freundin zu hören, die man schon vom Sandkasten her kannte, war einfach ungeheuerlich. «Ich nehme an, du bist eine Analsklavin, gut gedehnt?», sagte sie und machte dabei ein schmatzendes Geräusch mit ihren Lippen. Hätte sie in diesem Moment mein Gesicht sehen können ...

War sie also doch ein sehr tiefes Wasser und wusste nur zu genau, was es mit dieser Spielart auf sich hatte? Sie ließ mir keine Zeit, diesem Gedanken nachzuhängen, denn schon schob sie den größeren Stöpsel in meinen Hintereingang.

Der Schlauch sei höchst interessant, sprach sie weiter, und ich wohl eine gut erzogene und sogar befüllbare Sklavin. Dann griff sie mir sanft zwischen die Beine und befühlte meine feuchten Lippen.

Allein diese Berührung hätte unter normalen Umständen für einen Orgasmus gereicht. Meine allerbeste, allerliebste Freundin griff mir in den Schritt!

Ich fühlte mich so verdorben. Noch vor wenigen Jahren hatten wir auf dem Schulhof herumgealbert, auf Geburtstagspartys eng an eng getanzt und jetzt spürte ich ihre Finger in meiner Fotze!

Ich konnte ein Stöhnen nicht unterdrücken - und bekam prompt den Rohrstock zur Antwort: vier harte, schnelle Schläge auf meinen Arsch. Gleich darauf vollendete sie meine Bestückung. Neben den beiden Handpumpen ragte nun der Schlauchstutzen aus meinem Unterleib, wie ein erstarrter, aufgerichteter Hundeschwanz.

Dann schnappte sie sich die beiden Handpumpen und meinen geliebten Vibrator. Wir würden ein kleines Spielchen spielen, meinte sie und nahm den Vibrator lustvoll mit einem herrlichen O-Mund auf. Sie würde sich jetzt mit meinem Spielzeug befriedigen und immer wenn sie Lust hätte, würde sie die Pumpen betätigen und ich damit auch auf meine Kosten kommen. Sollte ich mich jedoch nicht an die Anweisung halten, meine Lust zu unterdrücken, würde es weitere Schläge auf Arsch oder Brüste geben. Mit diesen Worten zog sie ihre Hose aus, warf sie aufs Bett und begann mit meinem Vibrator in ihrem Schritt zu spielen. Erst war sie sehr zaghaft und strich nur die Innenseite ihrer Schenkel entlang. Doch dann zog sie ihren Slip zur Seite und berührte mit der Spitze des Spielzeugs ihre Schamlippen.

Nackt hatte ich sie noch nie gesehen, also starrte ich gebannt auf ihre Muschi. Sie sah wunderschön aus, so blank rasiert, wie sie war. Dass die inneren Lippen dabei ein klein wenig nach außen drängten, wirkte überaus reizvoll.

Bevor ich mich weiter in den Schritt meiner Freundin vertiefen konnte, zeigte sie mir, was meine Aufgabe war. In der einen Hand hielt sie den Vibrator, mit der anderen griff sie sich nacheinander beide Ballons und begann zu pumpen. Ich spürte, wie sich die Plugs in meinem Innern ausbreiteten. Beide kämpften um Platz, und der gegenseitige Druck auf meine Fotze und meinen Arsch machte mich wild.

Meine Freundin sah mich an und ich erkannte die Geilheit in ihren Augen. Als sie sich den Vibrator langsam tiefer hineinschob und ich das deutlich hörbare Brummen vernahm, konnte ich erahnen, welche Schauer durch ihren Körper krochen.

Sie habe sich noch nie etwas in den Arsch geschoben, gestand sie mir nach einer Weile. Auf diese Idee sei sie nie gekommen. Zwar habe einer ihrer Freunde es mal versucht, was sie jedoch abgeblockt habe. Doch jetzt,

da sie mich so sehe, sei sie doch neugierig. Zuvor wolle sie allerdings sehen, was möglich sei. Damit griff sie wieder nach den Handpumpen und füllte meinen Unterleib weiter aus. Meine Selbstbeherrschung schmolz dahin.

Meine beste Freundin und langjährige Kumpelfrau saß vor mir mit meinem Vibrator in ihrer nassen Spalte, während sie meine Löcher mit zwei aufblasbaren Plugs dehnte. Ich bewegte meinen Unterleib im Rhythmus der Pumpstöße und im Rhythmus ihres Stöhnens. Meine feuchte Fotze war prall befüllt und meine süße geile Freundin ließ sich nun erst richtig auf meinen Arsch ein. Sie kniete sich hinter mich, mit einer Hand noch immer den Vibrator rhythmisch in ihre Spalte stoßend, und sah zu, wie meine Rosette sich langsam öffnete, weil der Inhalt einfach zu groß wurde für meinen Darm.

Nur der Knebel verhinderte, dass ich laut losbrüllte. Sie kannte kein Maß. Mein Meister hatte sich bislang immer sanft meinen Grenzen genähert und dann ein kleines Stück über die Stränge geschlagen, doch sie pumpte einfach wild drauf los. Ich glaubte, es müsse mich zerreißen.

Doch, wie gesagt, ich war geknebelt, und so blieb mir nichts anderes übrig, außer den spitzen Schmerz zu ertragen.

Plötzlich hörte ich mit einem Mal ein befreiendes Aufstöhnen hinter mir und der Druck in meinem Arsch stagnierte: Sie war gekommen.

Ihr Atem ging schwer und sie wimmerte ganz leise. Erst als die Wellen ihres Orgasmus verebbten, wandte sie sich wieder diesem Etwas zu, das da vor ihr kniete, die Hände an den Heizkörper gefesselt und zwei prall gefüllte Plugs in den Löchern.

Sie hätte nie gedacht, dass man so viel in einen Arsch stopfen könnte, rief sie aus, als ihre Erregung nachließ. Dann zog sie den kleineren Dildo aus meiner Muschi, betrachtete dessen pralle Blase und dachte laut darüber nach, ob sie das wohl auch aushalten würde.

Sie öffnete meine Handschellen und nahm mir den Knebel ab. Sofort bat ich sie, den Druck in meinem Darm zu vermindern. Gott sei Dank hatte sie in diesem Moment keine Lust auf sadistische Spielchen, sondern ließ tatsächlich die Luft aus dem Plug.

Ich war schon im Begriff ihre Frage zu beantworten, als ich mir einfiel, dass es wohl besser wäre, Dinge zu probieren, als darüber zu philosophieren. Also nahm ich ihr den kleinen Plug aus der Hand, spreizte ihre Beine und näherte mich langsam ihrer wunderschönen, jungfräulichen Rosette.

Schnell begab sie sich auf meinem Bett in die entsprechende Position und ließ es geschehen. Ich befeuchtete einen Finger und spielte ein wenig an ihrem weichen Muskel, ehe ich sanft Druck ausübte und meinen Finger langsam immer tiefer in sie hineinwand. Sie schien überrascht über die Art der Stimulierung, aber es gefiel ihr. Schon bald bewegte sie ihren Unterleib rhythmisch meinem Finger entgegen, woraufhin ich vorsichtig einen zweiten zu Hilfe nahm.

Ihre Spalte war von meinem Vibrator noch ganz feucht und glänzte verlockend. Ich begann, meine Finger in einem schnelleren Rhythmus zu bewegen. Dann senkte ich den Kopf, legte meine Lippen um ihre Klit und begann langsam zu lecken und zu saugen. Ihre Hände krallten sich augenblicklich in meine Haare und pressten meinen Kopf fest zwischen ihre Schenkel.

Ich schmeckte ihren Schweiß, ihren Saft, ihr Salz. Sie schmeckte so gut, dass ich mich fragte, warum ich ihr meine Neigungen nicht schon viel früher offenbart hatte.

Ich zog meine Finger aus ihrem Arsch, ging etwas zurück, dass sie mich sehen konnte, und steckte die Finger lasziv in meinen Mund. Dann nahm ich den Plug und schob ihn langsam in ihr geiles Loch. Dabei wiederholte ich die Worte meines Meisters, denen zufolge ein gedehntes Arschloch wahre sexuelle Hingabe bedeutete: eine Öffnung, die Lust verschaffe, aber eigentlich gar nicht für Sex vorgesehen sei.

Sie atmete tief ein und ihr Kopf sank zurück zwischen die Kissen. So sah sie nicht, wie ich meinen Plug wieder an seinen vorgesehenen Platz beförderte. Drei Pumpstöße und er saß angenehm und rutschte nicht sofort wieder heraus.

Ich krabbelte zu ihr aufs Bett, mit meinem Gummi-Hundeschwänzchen im Hintern, und legte mich neben sie, mein Gesicht an ihrem Schritt. Sofort begann ich wieder, intensiv an ihrer Klit zu saugen und zu lecken. Dann wartete ich ab, bis sie entspannt ausatmete, ehe ich ihrem Arsch den ersten Pumpstoß verpasste und damit den Plug in ihrem Unterleib zum Leben erweckte. Die Wirkung war phänomenal. Sie stöhnte laut auf und schrie ein «Ja!» heraus, dessen Klang mich allein schon geil gemacht hätte. Begierig drängte sie meine Beine auseinander, um ihr Gesicht in meinem Schritt zu vergraben.

Bereitwillig öffnete ich meine Pforte und ließ der Zunge meiner Freundin freien Lauf. Ich spürte sie auf meiner Haut, zwischen meinen Lippen und an meinem Lustzentrum. So leckten wir uns gegenseitig eine Weile, bis sich mit den ersten Wellen ein nahender Orgasmus ankündigte. Das war der Moment, in dem wir hemmungslos zu pumpen begannen. Das zweite Mal innerhalb kürzester Zeit spannte sich mein Darm um den wachsenden Eindringling, während meine Süße das erste Mal den Fremdkörper ertrug, den ich ohne Rücksicht Stoß um Stoß anschwellen ließ.

Den Anblick werde ich nie vergessen, als sich das Gummi langsam aus dem Darm schob und die Rosette weitete, weil der Stöpsel drinnen keinen Platz mehr fand.

Zum Bersten aufgepumpt, das Gesicht im Schritt der besten Freundin vergraben und gierig den Lustsaft schluckend, kamen wir beide fast gleichzeitig. Es war ein wunderbarer Orgasmus. Analsex sei geil, seufzte sie. Doch ich musste sie korrigieren, ein Arschfick sei geil, aber die Rosette zu dehnen mache auf eine andere Weise genauso viel Spaß. Sie lachte und strich mir sanft über die Tätowierung. «Sklavin», flüsterte sie immer wieder, dann meinte sie, für eine wie mich hätte sie durchaus Verwendung.

Wären meine Eltern nicht nach Hause gekommen, hätten noch ewig nebeneinander gelegen. Schnell versteckten wir meine Spielsachen und streiften unsere Klamotten über. Dann zog sie mich an sich, sah mir tief in die Augen und fragte mich, ob ich nicht auch ihre Sklavin sein wollte. Da wurde mir mit einem Mal schwer ums Herz, denn ich erkannte das Ausmaß dieses Spiels. Ich hatte meinen Meister betrogen, mich ohne sein Wissen und seine Erlaubnis vergnügt.

Als ich ihr nicht antwortete, küsste sie mich noch einmal innig auf den Mund, dann gingen wir meinen Eltern entgegen.

Leid

Nachdem ich mein Vergehen ein paar Tage mit mir herumgeschleppt hatte, musste ich beichten. Ich war bereit, Buße zu tun und meinen Herren und Meister um Verzeihung zu bitten. Obwohl ich seine Reaktion fürchtete - schließlich passierte es kurz nach meiner Einwilligung zur Hochzeit -, konnte ich es ihm nicht länger verheimlichen.

Ich berichtete ihm in allen Einzelheiten, was sich zugetragen hatte, und bat ihn, seiner nichtsnutzigen Sklavin gegenüber Gnade walten zu lassen. Doch er lachte er nur - zunächst.

Mittlerweile waren es nur noch drei Wochen bis zur Hochzeit. Ich hatte auf Anweisung meines Herrn Urlaub genommen und meinen Freunden und Bekannten gesagt, dass wir die letzten Tage vor der Heirat für uns alleine benötigten.

Mein Meister gestattete mir, die Nacht in dem neuen Käfig zu verbringen, den er für mich erstanden hatte. Es war ein Gitterkäfig aus massivem Stahl, der Boden mit Latex ausgekleidet und der Deckel aus schwerem Holz. Wenn ich die Beine anzog, passte ich genau hinein.

Als es an der Zeit war, kniete ich mich vor mein neues Zuhause und erwartete den Urteilsspruch meines Herrn. Ich blickte auf den dunklen Deckel und ein Schauer lief mir über den Rücken. Mir war klar, bald würde ich ihn von der anderen Seite, von unten sehen, eingesperrt auf engstem Raum.

Mein Herr würde mich wegsperren. Das war es! Das war der Grund, warum er diesen Käfig gekauft hatte. Er wollte in der Lage sein, mich einzusperren, mich wie ein Spielzeug zu verstauen und platzsparend aus dem Weg zu räumen, wenn er keine Lust auf mich hatte!

Und ich hatte mich darauf eingelassen, hatte mich selbst dazu bereit erklärt, die erste Nacht im Käfig zu verbringen. Es traf mich wie ein Schlag, als ich mir vor Augen führte, wie weit ich bereits gegangen war: das Tattoo, meine Bereitschaft, mich demütigen zu lassen und jetzt auch noch der Käfig, die Zelle, mein Verließ!

Lange konnte ich meinen aufkommenden Bedenken nicht nachhängen. Mein Gebieter kam ins Zimmer und befahl mir, ich solle den Käfig in den Keller bringen und anschließend sofort wieder hier erscheinen. Dann war er verschwunden.

Für einen Augenblick dachte ich, er würde nur Spaß machen, denn schließlich ist der Keller des Hauses zur gemeinsamen Nutzung aller Mietsparteien gedacht. Die einzelnen Abteile sind zwar durch Holzgitter voneinander getrennt, aber man kann jedes einsehen. Und da sollte ich den Käfig abstellen? Ich atmete tief ein und begann, das schwere Möbel zur Wohnungstüre zu bugsieren. Es war abends, sodass ich mit etwas Glück nicht gesehen würde, wenn ich diesen ganz offensichtlich nicht für Tiere gemachten Käfig durch das Treppenhaus manövrierte.

Als ich wieder im Schlafzimmer ankam, hatte mein Herr mir bereits die Kleidung für die Nacht zurechtgelegt. Ein gigantischer Haufen aus Latexwäsche war auf dem Bett ausgebreitet. Ich schlüpfte schnell in den transparenten Catsuit und überprüfte dessen Sitz. Danach legte ich mir den Strapsgürtel an und befestigte die schwarzen Strümpfe daran. Dann folgte das schwarze Hemd, eine transparente Bluse und schließlich mein Nachthemd aus Gummi. Es war weit geschnitten und über und über mit Rüschen versehen. Mein Herr liebte dieses Kleidungsstück an mir, weil es von der Form her so spießig wirkte, das Material aber eindeutig das Gegenteil ausdrückte. Er mochte diese Ambivalenz. Seltsamerweise blieb mein Kopf unbedeckt, obwohl mein Herr mittels verschiedenster Hauben seine besondere Vorliebe für Extreme an mir auslebte.

Als ich bereit war, bückte ich mich weit nach vorne und legte die Hände aufs Bett. Denn die Befüllung meiner Löcher - dessen war ich mir sicher - würde nicht ausbleiben.

Ich sollte Recht behalten. Mein Gebieter kam ins Zimmer, legte meinen Schritt frei und griff grob an meinen Arsch. Schnell versank der erste Finger in meinem Darm.

Nach wie vor ist dieses Gefühl wunderbar, wenn mein Herr in die verbotene Öffnung dringt und diese dehnt. Mein Blick fällt auf das Bild, das mich mit meiner eigenen Hand im Arsch zeigt - an jenem Tag war ich sehr stolz auf mich gewesen. Doch mein Gebieter wird nicht einfach Halt machen, sondern mich konsequent weiterdehnen. Und ich muss gestehen, ich liebe dieses Gefühl. Ich liebe es, wenn mein Darm von einem Fremdkörper bewohnt wird, wenn meine Rosette sich weitet, um einen Eindringling aufzunehmen. Zwar ist es immer wieder schmerzhaft, von meinem Gebieter an die Grenzen des Möglichen geführt zu werden, doch genau hier liegt ja meine eigentliche Bestimmung: an die Grenzen geführt werden und schließlich darüber hinaus. Ein guter Gebieter kennt die Grenzen seiner Sklavin genau und schafft es immer wieder, diese zu streifen, mit ihnen zu spielen und dafür zu sorgen, dass man als Untergebene seine Hemmungen überwindet und irgendwann bereit ist, dem Meister überall hin zu folgen.

Dann drang er von hinten in mich ein. Ich spürte sofort, dass er es selbst war: sein Schwanz, sein Glied, sein mächtiger Penis drang in mich ein. So lange hatte ich ihn nicht mehr fühlen dürfen. Seine Hände schlossen sich um meine Taille, griffen in die zahlreichen Lagen aus Gummi, und rhythmisch stieß er in meinen Arsch. Ich genoss dieses Gefühl der Nähe. Seit ich seinen Antrag angenommen hatte, hatten wir nicht mehr miteinander geschlafen. Natürlich hatte er mich erniedrigt, meine Löcher gestopft und mir Klammern an die Brustwarzen gelegt, wann immer es ihm gefiel, aber nie war sein Glied in eine Öffnung meines Körpers eingedrungen. Alles, was ich in dieser Zeit empfangen hatte, war sein Urin, den ich begierig trank, da ich nahm, was ich kriegen konnte.

Und jetzt durfte ich ihn selbst wieder spüren!

Ich presste meinen Darm rhythmisch zusammen, um meinen Gebieter noch weiter zu stimulieren. Aber dies erregte auch mich selbst. Leise begann ich zu stöhnen. Ich seufzte seinen Namen, schluchzte, er solle nicht aufhören, und schon spürte ich in mir die ersten Wellen unbändiger Lust. Würde ich mir nun an die Klit fassen, hätte ich innerhalb kürzester Zeit einen Orgasmus. Doch so schwer es mir auch fiel, ich hielt mich zurück und streckte brav den Hintern meinem Gebieter entgegen.

Viel zu schnell spürte ich, wie er sich in mich ergoss, wie er seinen Samen in mir verteilte. In meinem Kopf fochten zwei Gedanken einen furchtbaren Kampf aus: Einerseits wollte ich meine Befriedigung, wollte nicht, dass er aufhörte mich zu ficken, andererseits war ich doch seine Sklavin, sein Spielzeug! Eigentlich hatte ich aufgehört zu wollen, hatte mich seinem Willen ergeben, aber nun dachte ich doch wieder an mich selbst. Dabei hatte er mir eben bewiesen, wie sehr er mich liebte. Seinen wertvollsten Saft trug ich in mir!

Ich schalt mich eine Närrin und wollte mich gerade bedanken, als ich einen vertrauten Freund in mir spürte. Mein Herr verschloss meinen After, damit ich seinen Saft nicht verlor. Mit wenigen Pumpstößen ließ er den Plug auf eine angenehme Größe anwachsen. Nun folgte etwas Ungewöhnliches. Mein Herr reichte mir zwei Ohrstöpsel mit dem Befehl, meine Ohren zu verschließen. Etwas erstaunt über diese Anordnung, zögerte ich kurz, was ich mit zwei Schlägen auf meinen gummierten Arsch bezahlen musste.

Schnell stopfte ich die Schaumgummistöpsel in meine Ohren und sofort legte sich über alle Geräusche ein dumpfer Schleier, der beinahe alles verschluckte. Es folgte der Trinkknebel, den mein Herr schon einige Male benutzt hatte, um sich in mich zu erleichtern. Er schnallte ihn fest und überprüfte kurz seinen Sitz. Dann legte er mir ein Halsband um und zog mich grob hinter sich her. Es ging in den Keller. Zum Käfig. Hündisch folgte ich meinem Gebieter die Treppe hinab, bis wir meinen Schlafplatz erreichten. Mein Schlafplatz für diese Nacht ... oder vielleicht auch für viele Nächte? Noch ahnte ich nicht im Geringsten, dass die vor mir liegende Nacht die grauenhafteste und gleichzeitig geilste Nacht werden sollte, die ich bei meinem Gebieter erleben durfte.

Er öffnete den Deckel und ließ mich hineinsteigen. Dann drehte er mich so, dass ich ihn ansehen konnte. Er fädelte den Schlauch meines Knebels durch das Mundstück einer Maske und reichte sie mir. Es war eine Maske aus schwerem Industriegummi, nicht so edel und schön wie meine übrigen Masken, sondern rau, dick und unbequem. Ich streifte sie über und spürte, wie das dicke Material meinen Kopf umschloss. Mein Gebieter half mir etwas mit den Verschlüssen, die am Hinterkopf saßen und mein Gesicht eng an das Gummi pressten. Dann spürte ich, wie er Schläuche durch die Öffnungen unter der Nase in meine Nasenlöcher schob. Es waren weiche Schläuche, die verhindern sollten, dass die Atemlöcher verrutschten und ich Probleme beim Atmen bekam. Da keine Öffnung für die Augen vorgesehen war, wurde es absolut dunkel um mich herum. Und still. War es mit den Ohrenstöpseln bereits ruhig und still geworden, war meine Welt nun absolut lautlos, reduziert auf das Gefühl meines schlagenden Herzens und rasenden Pulses.

Mein Herr drückte mich zu Boden und gehorsam sank ich auf die Knie. Ich spürte, wie er den Metallring meiner Maske in den Karabinerhaken drückte, der sich auf der Deckelinnenseite befand. Dann zog er meine rechte Hand aus dem Käfig und ich spürte, wie er mir einen Handschuh überzog. Es war ein Fäustling, der mich daran hindern sollte, meine Finger zu benutzen. Die linke Hand folgte. Das Teuflische dieser Fäustlinge sollte ich erst später erkennen. Meinen Oberkörper auf die Knie gebeugt, die Arme links und rechts aus dem Käfig gestreckt, harrte ich aus. Blind, taub und stumm bestand meine Welt nur noch aus Gedanken, aus meinem Herzschlag und dem Samen meines Herrn, den ich in meinem Darm trug, versiegelt durch einen aufblasbaren Analplug.

Ein Ruck verriet mir, dass der Deckel geschlossen wurde. Die Konstruktion war grausam. Durch die Fixierung meines Kopfes an der Decke des Käfigs konnte ich meinen Kopf nicht ablegen. Vielmehr hing er frei in der Luft, nur von dem Ring gehalten. Instinktiv wollte ich nach der Maske greifen, doch die Fäustlinge waren zu groß für die Gitterstäbe. Ich konnte sie nicht ins Innere ziehen, zudem spürte ich, dass sich der Druck auf meine Hände noch vergrößerte. Mein Gebieter pumpte die Handschuhe auf, und zwar so weit, dass ich keinen meiner Finger mehr rühren konnte. Einen Augenblick später das gleiche Spiel mit meinem Kopf. Wollte er diese schwere, enge und unbequeme Maske auch noch aufblasen? Das dicke Gummi legte sich noch enger um meinen Schädel. Der Druck wuchs und wuchs, bis das Latex meine Augen so bedrängte, dass ich sie nicht mehr öffnen konnte.

Wie mochte sich mein Stöhnen wohl in der Welt da draußen anhören? Als sich auch noch der Plug in meinem Arsch zu weiten begann, musste ich mir eingestehen, dass mein Herr ein grausamer, aber genialer Erzieher war. Stets nahm er mein Angebot, über meine Grenzen zu gehen, an. Doch er blieb nicht einfach an der Grenze stehen, sondern machte einen großen Schritt in das mir unbekannte Territorium und riss mich mit sich. Der sich ausbreitende Stöpsel in meinem Hintern drückte nämlich fürchterlich auf meine Blase.

Als ich mich angekleidet hatte, war ich davon ausgegangen, mein Herr hätte schlicht vergessen, mich auf die Toilette zu schicken, doch nun wusste ich, was sein Ziel war: ich sollte mich selbst beschmutzen. Er wollte, dass ich dem Druck nachgab, um dann in meinem eigenen Urin zu baden, denn der Anzug würde nur wenig herauslassen. Doch ich wollte nicht. Trotz des enormen Drucks in meinem Arsch hielt ich mein Wasser. Ich versuchte ruhig zu atmen und mich zu konzentrieren.

Etwas später – mein Herzschlag hatte sich gerade ein wenig beruhigt und ich zu zappeln aufgehört, weil ich mich an den Druck auf und in mir gewöhnt hatte – spürte ich plötzlich, wie sich ein Sturzbach warmer, salziger Flüssigkeit in meinen Rachen ergoss.

Wie ein gut dressiertes Tier schluckte ich brav den Saft meines Herrn und wusste gleichzeitig, dass es nun sehr schwierig werden würde, dem Druck in meiner Blase auf Dauer standhalten zu können.

Nachdem sich mein Meister entleert hatte, geschah nichts mehr. Ich war alleine. Verpackt in mehrere Lagen Gummi, geknebelt, taub und blind, mein Arsch mit einem Dildo gedehnt und meine Blase randvoll. Meine

Haltung war extrem unbequem, doch egal was ich versuchte, ich konnte mich nicht bewegen.

Ich weiß nicht, wie viel Zeit verging, doch mir kam es vor wie eine Ewigkeit. Eingesperrt in einen Käfig, unbeweglich und zutiefst gereizt ertasteten plötzlich Hände meinen Arsch. Sie kneteten mich durch das Gummi hindurch und spreizten meine Backen, um dann ein wenig am Plug zu spielen. Die Hände zogen an ihm, drehten ihn und ließen ihn mit lautem Schmatzen wieder an seine ursprüngliche Position zurückschnalzen. Der

Plug war zweifellos zu groß für meine Rosette, ihn rauszupressen oder gar gewaltsam rauszuziehen würde nur unter Schmerzen möglich sein. Aber dieser Kelch sollte an mir vorübergehen - die Hände ließen wieder ab von meinem Arsch.

Stattdessen folgte etwas nicht weniger Unangenehmes. Erneut durfte ich salzigen Saft schmecken, der durch das Rohr in meine Kehle drang. Schnell schluckte ich auch diesen Urin und hoffte, mein Gebieter würde Gnade walten und mich nicht die ganze Nacht hier ausharren lassen.

Irgendwann - die Stille und Unendlichkeit der mich umfangenden Dunkelheit hatte mich fest im Griff - spürte ich, wie ich mich einnässte. Ich fühlte, wie es mir warm die Schenkel hinabrann. Aufgrund meiner Haltung sammelte sich die meiste Flüssigkeit vorne an meinem Bauch und an meinen Brüsten. Dann sank ich in einen traumlosen Dämmerzustand zwischen Geilheit und Schlaf ...

Das Erste, was ich wahrnahm, war, dass ich meine Finger wieder bewegen konnte. Der Druck um sie herum ließ nach. Kurze Zeit später wurde mein Kopf nach oben gerissen und reflexartig war ich auf den Beinen. Dabei hatte ich mich überschätzt, denn durch die kauernde Haltung der Nacht waren meine Beine taub geworden. Beinahe wäre ich gestürzt, doch starke Arme hielten mich. Dann ließ der wahnsinnige Druck auf meinem Gesicht nach. Ich spürte meine Zunge wieder und konnte meine Augen wieder öffnen, auch wenn mich noch immer absolute Dunkelheit umfing.

Meine Pisse rann kühl meinem Körper hinab und sammelte sich in den Füßlingen. Es war ein beschämendes Gefühl, den eigenen Urin am Körper zu tragen. Meine Hände wurden mit Handschellen auf dem Rücken gefesselt, so verließ ich meinen Schlafplatz und wankte die Treppen hoch zurück in die Wohnung.

Mit jedem Schritt und jedem Gluckern wuchs mein Stolz auf mich selbst. Mein Meister hatte befohlen und ich hatte gehorcht. Ich hatte eine Nacht - ich konnte nicht sagen, ob es wirklich eine ganze Nacht gewesen war, denn das Gefühl für Zeit war mir komplett abhanden gekommen - in meinem Käfig verbracht, hatte seinen Urin getrunken und seinen Samen aufbewahrt, versiegelt in meinem gedehnten Arsch. Ich hatte wieder eine Grenze überschritten und bewiesen, dass ich mich meinem Herrn völlig ausliefern und die Qualen, die er für mich bereithielt, erdulden konnte.

Wieder in der Wohnung wurde ich ins Bad geführt und dort mit der Kette meines Halsbands angebunden. Die Hände blieben gefesselt und auch die Maske wurde mir nicht abgenommen. Allerdings entwich die Luft aus meinem Analstöpsel. Es war ein wunderbares Gefühl und ich stieß einen Seufzer der Erleichterung aus. Natürlich wollte ich den Saft meines Meisters nicht wieder hergeben, doch so sehr ich mich auch mühte, der Muskel war zu beansprucht und so musste ich tatenlos hinnehmen, dass das Sperma aus meiner Rosette tropfte.

Plötzlich spürte ich eine Hand zwischen meinen Beinen. Sie begann zaghaft, meinen Schritt zu untersuchen, dann wanderte sie hinunter zu meinen Füßlingen und ich spürte, wie mein eigener Urin darin plätscherte. Ich stand buchstäblich bis über die Knöchel in meiner Pisse. Die Hände kehrten indes zu meinem Schritt zurück und arbeiteten sich von dort weiter zu meinen Brüsten. Am liebsten hätte ich geschrien, als die Hände kräftig zupackten und meine Nippel drehten, aber der Knebel verhinderte jede Lautäußerung. Der Schmerz hielt an. Meine Nippel wurden unter dem dicken Gummi gequetscht, gedreht und gezogen. Dann wurden sie in der eingeklemmten und verdrehten Form gehalten.

Leise wimmerte ich in meinen Knebel hinein. Man drückte mich runter auf die Knie und verpasste mir eine Wäscheklammer auf meine Klit. Sie schnappte richtig zu und ich gebärdete mich wie ein scheuendes Pferd, doch es half nichts. Die Klammer wurde nicht entfernt. Der pulsierende Schmerz, der von meinem Lustorgan ausging und sich auf infame Weise mit meiner eigenen Geilheit mischte, breitete sich bald in meinem ganzen Körper aus. Mir fehlten mehrere Sinne und so waren die mir verbliebenen umso empfindlicher. Ich tastete, ich fühlte intensiv. Und nun durchströmte mich das intensivste Gefühl, das der Körper erzeugen kann, die Mischung zwischen Schmerz und Lust, zwischen Pein und Geilheit. Wie eine entfesselte Naturgewalt drohte diese Empfindung meinen Verstand gänzlich auszulöschen. In meinem eigenen Körper gefangen, unfähig mich mitzuteilen, zu hören und zu sehen, war der einzige Kontakt zur Außenwelt meine Haut, das Spüren. Schmerzen. Meine pochenden Brustwarzen drückten sich gegen das einengende Gummi und die Klammer an meiner Klitoris verdrängte jeden anderen Gedanken aus meinem Kopf. Nur noch Geilheit.

Im ersten Moment registrierte ich nicht, was nun mit mir geschah. Durch die Woge des Schmerzes hindurch spürte ich dann aber Finger in meiner Muschi, die sich rhythmisch bewegten. Und einen in meinem Arsch. Mein Gebieter nahm mich in beiden Löchern. Dieses mal glitt die komplette Hand relativ leicht in meinen After, vielleicht, weil der Plug mich vorgedehnt hatte, vielleicht spürte ich die Anstrengung auch nicht bei dem berauschenden Gefühl der Pein. In meinem Kopf wetteiferte der Schmerz vehement mit der Lust und der Geilheit, doch es zeichnete sich kein Gewinner ab. Kein Gefühl, keine Empfindung dominierte klar, und so taten sie das einzig Richtige: sie verschmolzen. Schmerz war Lust, Geilheit war Schmerz und mein Körper mittendrin. Ich spürte die Faust tief in meinem Darm, ein Gewicht, das die Klammer an meinem Lustzentrum nach unten zog und dadurch den Druck noch verstärkte, und schließlich die Finger in meiner nassen, triefenden Fotze. Ich biss auf meinen Knebel und verlor für die Dauer des Orgasmus den Verstand. Ich war Hure, Spielzeug, ich war das unnütze Ding, mit dem man spielte, bis es eben kaputt war. Ich war die Schlampe, die ich sein wollte, die ich niemals sein wollte. Ich war die Heilige, die in höchster Ekstase schwebte. Meine Religion war der Sex, dieser Sex. Dann löste sich alles um mich herum in schillernde Farben auf.

Sklavin am See

Als mein Herr mich aus der Maske erlöste, stand er lächelnd vor mir. Er nahm mich in die Arme und hielt mich, seine Sklavin, fest. Er sei sehr stolz auf mich, flüsterte er in mein Ohr. Die Klammer, die Hände in mir, alles war verschwunden, nur ein Echo noch aus einer fernen Welt. Ich hatte es überstanden. In meinem Körper zog sich der Orgasmus langsam zurück; erst jetzt bemerkte ich, wie meine Beine, Arme und mein Rücken aufgrund der anstrengenden Nacht im Käfig schmerzten.

Ich solle mich reinigen, dann dürfe ich mich entspannen und ruhen, sagte mir mein Herr. Er gab mir noch einen Kuss und verließ das Bad. Die Utensilien nahm er mit.

Ich tat wie befohlen und genoss das heiße Wasser, das meinen nackten Körper wärmte und seine entspannende Wirkung auf meine schmerzenden Glieder entfaltete. Als ich meine Brüste wusch, spürte ich einen stechenden, brennenden Schmerz. Mein Herr hatte mich wohl sehr hart angefasst und nun reagierten meine Nippel überaus empfindlich auf jede Art von Berührung. Ebenso verhielt es sich mit meiner Klitoris, die noch immer leicht aus ihrem angestammten Platz hervortrat und dunkel leuchtete.

Da mein Zeitgefühl noch immer fern war, machte ich keine Anstalten, mich zu beeilen. Ich hatte Urlaub, mein Meister war zufrieden mit mir und ich hatte mir die Entspannung verdient. In Gedanken ließ ich die vergangene Nacht noch einmal Revue passieren und musste mir eingestehen, dass es mir schwer fiel zu glauben, was geschehen war.

Ich hatte mich in einen Käfig sperren lassen, blind, taub und stumm, beinahe aller Sinne beraubt, die man als menschliches Wesen zur Verfügung hatte, und dort auf meinen Gebieter hoffend ausgeharrt.

War das noch normale Liebe? War das Hingabe? Nein! Normal war das sicherlich nicht, aber ich wollte auch nie eine normale Ehe führen. Ich denke, es ist keine Schande zu tun, was der Herr befielt. Und solange ich ihm vertraue, dass er mit mir nur das macht, was er für richtig hält und ich wohl verdiene, ist es gut.

Leider bin ich nicht perfekt, und so wallen ab und zu Zweifel auf, erwacht das Denken in mir von Neuem. Dabei möchte ich nichts mehr, als sein willenloses Spielzeug sein, seine Puppe, sein Ding.

Ist das nicht paradox? Ich erstrebe und begehre das Nicht-Wollen! Für mich ist es schwierig, mich in dem Geflecht aus dem Willen meines Meisters, meinem Versuch, seine Puppe zu sein und meinem Willen nach Unterwerfung zurechtzufinden. Und so stolpere ich immer wieder, auf dem Weg, meinem Meister die beste Sklavin zu sein, die er verdient.

Ich stieg aus der Dusche und trocknete mich ab. Dann schlüpfte ich in Latex-Hotpants und streifte mir einen Latex-BH über. Beide Kleidungsstücke waren knallgelb und unterstrichen meine gute Laune, die sich mittlerweile eingestellt hatte. Zwar war ich müde und erschöpft, aber noch immer gut gelaunt und stolz auf mich selbst und zufrieden mit dem Orgasmus, den ich dank der Fürsorge meines Meisters hatte erleben dürfen.

Artig platzierte ich mich zu seinen Füßen am Frühstückstisch und legte meinen Kopf auf seinen Schoß. Dabei schloss ich die Augen und träumte ein wenig vor mich hin.

Ich hätte es wohl genossen, dass mich ein anderer befriedigt hat, fragte er beiläufig in den frühen Morgen. Und da traf es mich - wie ein Blitz aus heiterem Himmel. Mit großen Augen und offenem Mund sah ich meinen Herrn an, der beiläufig in sein Brötchen biss.

Er blickte mich ungläubig an. Ob ich nicht gespürt hätte, dass die Hand in meinen Öffnungen kleiner war als seine, wollte er von mir wissen. Ich schüttelte leicht den Kopf.

Noch immer versuchte ich, das eben Gesagte zu verstehen. Mein Gebieter, mein Herr ließ es zu, dass mich jemand anders als er selbst züchtigte?

In der Isolation war es mir nicht aufgefallen. Zu sehr war ich mit den eigenen Empfindungen beschäftigt gewesen, damit, meine Lust, meinen Schmerz zu genießen. Eine andere Person hatte mir diese Lust bereitet?

Ob er mich mit dieser Person alleine gelassen habe, fragte ich vorsichtig.

Mein Herr lächelte und schüttelte nun seinerseits den Kopf. Er sei immer dabei geblieben, sagte er, jeden Augenblick, seit ich in meinen Käfig gestiegen war. Er habe Fotos geschossen und einen kleinen Videofilm gedreht. Aber die Zeugnisse meiner Unterwerfung würde ich noch nicht zu

Gesicht bekommen. Die letzten Tage vor der Hochzeit sollten ereignisreich und denkwürdig werden. Bei diesen Worten lächelte er, wie er es immer tat, wenn diabolische Taten in ihm aufkeimten.

Während ich das Frühstück abräumte, musste ich unablässig an die andere Person denken, deren Hände in meinen Öffnungen gesteckt hatten. Mein Herr hatte mich, einem Stück Vieh gleich, einfach einem anderen zur Begutachtung überlassen. Ich war entsetzt, denn ich war wehrlos das Opfer einer Ménage à trois geworden ... und bei dieser Vorstellung kam ich plötzlich ins Schleudern. Dabei war es doch mein Wille gewesen, Opfer zu sein, Spielzeug, Sklavin, ergebene demütige Dienerin, die alles erdulden würde, was der Meister sich ausdachte. Wie so oft in den letzten Tagen leisteten kleine Bastionen meines eigenen Willens Widerstand gegen die Flut der Unterwürfigkeit. Wie lange würde es dauern, bis auch sie fielen.

Mein Herr stand in der Küchentür, einen Korb zwischen seinen Füßen. Die kommenden Tage sollten mich vorbereiten auf die Hochzeitszeremonie, lächelte er frivol und wissend, dann meinte er, ich solle ihm ins Auto folgen.

Mittlerweile hatte ich mich daran gewöhnt, in sündiger Kleidung oder gar nackt durch die Stadt gefahren zu werden. Mein Latexdress würde ohnehin glatt als Bikini durchgehen, während die gelben Hotpants das unzweideutige Tattoo perfekt verdeckten.

Ich folgte ihm brav und stieg ein. Den Korb hatte er im Kofferraum verstaut. So konnte ich seinen Inhalt erst erkennen, als es zu spät war.

Wir fuhren zu einem gut besuchten Badesee, der in einem wunderschönen Naherholungsgebiet lag und einen separaten FKK-Bereich hatte, der seinerseits noch mal unterteilt war. Ein Bereich lag auf einer in den See hineinragenden Landzunge, der restliche FKK-Zone befand sich, von wenigen Bäumen geschützt, auf einer kleinen Insel, zu der man bequem waten konnte. Die Insel war, das wusste man, wenn man seine Schulzeit hier verbracht hatte, der sündigere Teil. Dort konnten die Kinder nicht so ohne weiteres hin, und folglich nutzten die Pärchen die Abgeschiedenheit für so manche romantische Spielerei.

Auf der kleinen Insel angelangt breiteten wir die Decke aus und entledigten uns der Kleidung. Mein Tattoo hob sich dunkel und mit harten Kanten von meiner hellen Haut ab. Jeder würde meine Kennzeichnung sehen

Meine Religion ist der Sex.

Meine Religion ist, Sklavin zu sein.

Mein Gebieter riss mich aus den Gedanken zurück in die Wirklichkeit des warmen Sommertages. Er befahl mir, aufzustehen. Selbstverständlich gehorchte ich ihm. Er hob ein Handtuch an, das in unserem Korb lag, und zum Vorschein kam eine Auswahl an Spielzeug, das mein Herr für mich eingepackt hatte.

Zunächst nahm er zwei Krokodilklemmen, an denen hell klingende Glöckchen befestigt waren. Ich beugte mich vor und mein Meister befestigte sie an meinen Brustwarzen. Es folgte ein weiteres Paar Klammern, das er an meinen Schamlippen anbrachte. Zwischen ihnen spannte sich eine Kette.

Ich gefalle ihm, lächelte er mich an, dann warf er mir die Geldbörse zu und befahl, ich solle Eis holen gehen. Ohne mich eines weiteren Blickes zu würdigen, drehte er sich wieder auf den Bauch und blätterte in seiner Zeitung.

Mein Herr wollte, dass ich nackt, meine intimsten Körperstellen von gierigem Metall umschlossen, in die Öffentlichkeit hinaustrat und dem Eisverkäufer und zahllosen anderen Menschen den Status meines Lebens offenbarte! Das Klingeln der Glöckchen würde die passende Aufmerksamkeit erregen, sodass ich nicht einmal daran denken konnte, unentdeckt bis zum Verkaufsstand zu gelangen. Doch noch während ich über die Unfassbarkeit dieses Befehls nachdachte, setzten sich meine Beine in Bewegung und ich verließ das Dickicht und die schützende Insel.

Ich fühlte mich, als würde meine helle Haut leuchten und das tiefschwarze ‹Sklavin› alle Aufmerksamkeit auf sich ziehen. Doch zu meiner großen Erleichterung war kaum jemand am See. Einige sahen hoch, blickten jedoch schnell verstohlen fort, andere schienen an meiner Erscheinung durchaus Gefallen zu finden.

Hatte ich zunächst Angst vor diesen Blicken, spürte ich schnell, wie es heiß zwischen meinen Schenkeln wurde. Der leichte Druck der Klammern wusste diesen Effekt noch zu verstärken. Mit maßvollen Schritten, um das Geläut im Zaum zu halten, ging ich über eine freie Wiese, in deren Mitte der Kiosk ungefähr stand. Ich fühlte meine Säfte brodeln und spürte das wohlige Zittern der Aufregung in mir.

Der ältere Herr las gedankenverloren seine Zeitung, bis er, von meinen Glocken abgelenkt, auf mich aufmerksam wurde. Es schien, als wollten seine Augen aus den Höhlen springen, um meinen Körper Millimeter um Millimeter zu erforschen.

Er konnte sein Glück kaum fassen, als ich näher und näher kam. Mit demütig gesenktem Blick bestellte ich das Eis und reichte ihm das Geld rüber. Betont langsam bekam ich die Ware und das Wechselgeld. Ich bedankte mich und machte mich auf den Rückweg, mein Herz klopfte bis zum Hals.

Kaum dass meinem Herrn die Beute überreicht hatte, sah er mich wieder grinsend an und zitierte mich an einen Baum. Er positionierte mich so, dass meine Rückseite vom nahe gelegenen Weg zu sehen sein musste und fixierte mich mit Handschellen. Und während er genüsslich sein Eis aß, erklärte er mir die Spielregeln,.

Er nahm mein Eis, so ein Wassereis mit Orangengeschmack, das ich schon als Kind geliebt hatte, und steckte es mir in den Mund.

Ich sollte lecken und saugen, sodass mir das Eis auf keinen Fall aus dem Mund fiele. Gleichzeitig würde er sich mit meinem Hinterteil vergnügen, indem er die mitgebrachte neunschwänzige Katze einsetzte. Sollte ich mein Eis verlieren, so bedeutete er mir mit hochgezogenen Augenbrauen, hätte ich mit einer kleinen Demütigung vor größerem Publikum zu rechnen.

Ich lutschte an dem schnell schmelzenden Eis, versuchte den Zuckersaft zu schlucken, ohne gleichzeitig das Eis zu verlieren. Schon wenige Sekunden später traf mich der erste Schlag meines Herren. Ich zuckte vorwärts und biss unwillkürlich die Zähne zusammen. Beinahe hätte ich das Eis durchgebissen und damit das untere Stück verloren.

Ich versuchte mich wieder auf das Eis zu konzentrieren, doch schon ging der zweite Schlag auf meinem Arsch nieder. Ich sollte mich keinen Illusionen hingeben, dachte ich beim dritten Schlag. Ich würde das Eis fallen lassen. Und das wollte mein Herr ja auch.

Er hatte sich etwas ausgedacht und er wollte den Plan auch in die Tat umsetzen. Das Eis und die angenehm schmerzenden Schläge mit der Katze bildeten lediglich die Ouvertüre zu etwas Größerem.

Vielleicht gab es für mich aber auch eine wunderbare Belohnung, wenn ich die Regeln des Spieles befolgen könnte. Ich lutschte, schmatzte und sabberte den Zuckersaft des schmelzenden Eises und versuchte das Unmögliche.

Wieder ein Schlag, und meine Glöckchen klingelten wie ein Windspiel um die Wette. Mein Herr ließ die Katze ein weiteres Mal auf meinem Hintern fahren, und ich spürte das Brennen, den Hieb und die Wucht seiner Liebe. Doch da passierte es: Ein größeres Stück des Eises brach ab, als ich reflexartig zubiss, und fiel zu Boden.

Eine kurze Pause. Dann seine streichelnde Hand auf meinem Po. Ich würde mich noch wundern, was er für mich vorbereitet habe, hörte ich ihn flüstern. Dann setzte er seine Arbeit ungerührt fort. Zwei Dutzend Schläge waren das heutige Soll, und auch wenn ich sie nicht sehen konnte, ich spürte die Striemen auf meinem Sklavenarsch.

Er warf die Peitsche achtlos in den Korb und holte stattdessen einige andere Utensilien hervor. Zunächst bekam ich eine starke Latexmaske verpasst. Sie war fleischfarben und ehe ich einen weiteren Blick darauf erhaschen konnte, war mein Kopf darin verschwunden. Dazu kam ein schweres Halsband aus Stahl, das mich daran hindern sollte, sie abzunehmen. Es folgte eine Leine, vielmehr eine schwere Kette, die, soweit ich das aus meinem eingeschränkten Sichtfeld beurteilen konnte, ziemlich lang war.

Schließlich drückte er mir einen Knebel in den Mund, der nach außen in einen Trichter überging. Gedämpft durch die enge Latexmaske hörte ich das helle Klingeln der Brustklammern. Mein Herr strich mir liebevoll über meinen gummierten Kopf, dann nahm er meine Leine und zog mich hinter sich her, aus dem Versteck. Wir gingen eine Weile einen kleinen Weg entlang, ohne dass uns jemand entgegenkam. Ich hielt meinen Kopf gesenkt, natürlich aus Demut, aber auch aus Scham entdeckt oder gar erkannt zu werden. Kurz bevor der Weg sich verbreiterte und in einen Feldweg mündete, band mein Herr die Leine an einen Baum. Nun, so hörte ich seine Stimme durch den Latex, würde er ein neues Spielzeug ausprobieren. Er präsentierte mir eine Stange, in deren Mitte sich ein ansehnlicher schwarzer Gummischwanz befestigt war. Daneben befanden sich zwei kleine Holzbretter mit Nadeln und metallenen Spitzen. An den beiden Enden der Stange hingen Fesseln.

Recht schnell bemerkte ich, was es mit diesem Spielzeug auf sich hatte: es war eine umgebaute Spreizstange. Er fesselte meine Beine und positionierte den Schwanz unter meinem Schritt. Dann führte er den Schwanz in mein Poloch ein und befahl mir, mich darauf niederzulassen.

Ich tat wie befohlen, schreckte jedoch zurück, weil meine Pobacken ja mit meinem Gewicht auf die Nagelbänke drückten - noch gerötet von den Schlägen eine überaus unangenehme Erfahrung.

Geschickt fädelte mein Herr nun die Leine unter der Stange hindurch und maß die Länge gerade so, dass mein Hintern gefährlich nah an die Nägel gezogen wurde und ich auch darauf Platz nehmen konnte. Wollte ich mich allerdings aufrichten, würde mich das Band würgen.

Nun hatte ich die Wahl zwischen Atemnot und Nägeln. Ich hatte mich gerade für die Atemnot entschieden, als ich die ersten Tropfen in meinem Mund spürte: Mein Meister erleichterte sich in meinen Mund.

Noch nie hatte er mir in der Öffentlichkeit, vor anderen Leuten in den offenen, wehrlosen Mund gepisst. Der Knebel erwies sich dabei als Feind. Des Meisters Saft sammelte sich im Trichter und verschloss, sollte ich nicht willig schlucken, meinen Rachen. Also musste ich nachgeben und mich auf die schmerzhaften eisernen Krallen setzen, damit ich schlucken und somit auch atmen konnte.

Die Spitzen bohrten sich in meinen Hintern, der Schwanz drang tief in meinen Darm und nachdem ich brav den goldenen Saft meines Herren runtergeschluckt hatte, konnte ich endlich wieder atmen.

Mein Gebieter tätschelte meinen Kopf wie den eines Hundes und verschwand dann aus meinem Sichtfeld. Plötzlich wurde es dunkel. Wieder einmal war ich blind. Ich fühlte diese seltsame Panik aufsteigen, die ich auch schon bei den letzten Spielen meines Meisters empfunden hatte. Doch dieses Mal kam noch hinzu, dass ich bewusst anderen Menschen präsentiert wurde. Jeder, der diesen Weg entlangkam, würde mich sehen. Er würde ein gefesseltes Mädchen vorfinden, das gepfählt von einem Schwanz, der tief im Darm steckte, auf einem Nagelbrett saß und nach Luft rang, im Mund ein Trichter, der verhinderte, dass es zu irgendetwas nein sagte.

Aber auch hier muss ich wieder gestehen, dass jenseits der Angst, entdeckt zu werden, eine Spur dieses unwiderstehlichen Giftes lockte, welches mein Leben vollständig in Besitz genommen hatte. Eine Droge, die mein Denken bestimmte, mein Tun und meine Liebe zu meinem Gebieter.

Was an diesem Tag noch alles passiert wäre, kann ich mir nur in meinen Träumen ausmalen, denn mein Herr war leider gezwungen, dieses Schauspiel zu beenden.

Es schien mir, als hätten sich die Badegäste beschwert und einige Uniformierte angefordert. Jedenfalls band mich mein Herr eilig los, half mir auf die Beine und zog mich ins Gebüsch.

Als wir unser Spielzeug verpackten, konnte ich einen Blick auf die Maske werfen, die ich hatte tragen dürfen. Auf der Stirn prangte in dicken, schwarzen Lettern das Wort ‹PISSOIR›!

Hochzeit

Ich erwachte im Gefängnis meiner Lust. Mein Käfig war klein und eng. Die Kette meines Halsbandes lief durch meine Handschellen und war mit einem Schloss an einem der Gitterstäbe befestigt. Meine Hände lagen nahezu bewegungsunfähig auf dem Rücken und ich kauerte so auf meinen Schenkeln, dass meine Brüste den Käfigboden berührten. Klemmen verursachten einen dauerhaften, dumpfen Schmerz an meinen empfindlichen Brustwarzen.

Ich war nackt. Der Käfig selbst befand sich in einer hölzernen Kiste, so dass ich nicht sehen konnte, wohin mein Herr mich brachte. Es war ein atemberaubendes Spielzeug, mein Zuhause, mein Schlafplatz, mein Leben.

Gestern hatte er besonderen Wert darauf gelegt, dass ich mich gründlich enthaare. Jedes übersehene Härchen brachte mir ein halbes Dutzend Schläge mit dem Rohrstock ein. Mein Hintern leuchtete noch immer ein wenig, und ich genoss die momentane Stellung, in der ich ihn nicht unnötig belasten musste. Das Haupthaar und die Augenbrauen waren mir geblieben. Ansonsten war ich kahl.

Meine Haut fühle sich an wie die eines Pfirsichs, hatte mein Herr gesagt. Und ich hatte gelächelt.

Es mochte vielleicht eine halbe Stunde vergangen sein, als ich spürte, dass ich ausgeladen und auf einen Wagen gehievt wurde. Stimmen drangen gedämpft durch das Holz, während man mich irgendwohin schob und schließlich abstellte.

Dann klickte es und die Verschlüsse wurden geöffnet. Die Dunkelheit wich schlagartig grellem Licht. Bis ich meine Umgebung wieder klar erkennen konnte, vergingen einige Augenblicke, in denen jedoch ein anerkennendes Raunen zahlreicher Stimmen die blinde Leere füllte.

Zahlreiche Kerzen tauchten den doch recht großen Raum, der auf den ersten Blick wirkte, als wäre es der Gemeinschaftssaal eines Vereins, in ein angenehmes Licht.

Jetzt erkannte ich auch eine Gruppe Männer und Frauen - es durften wohl an die zehn Personen sein -, die mich eingehend betrachteten. Sie waren alle völlig normal gekleidet, mit Jeans und Hemd, Pulli oder T-Shirt.

Mein Herr ließ mir noch einen Moment, um mich zu sammeln, dann öffnete er den Deckel und ließ mich aus meinem Gefängnis steigen.

Noch einmal hörbares Raunen.

Ich sollte mich drehen und dem staunenden Publikum präsentieren, was ich auch tat. Den Anweisungen meines Herrn folgend, streckte ich meinen Hintern raus, präsentierte meine Brüste, spreizte meine Beine und stolzierte im Raum umher. Ich nahm die Brüste in meine Hände und trug sie vor mir her, den dumpfen Schmerz der Klemmen ignorierend. Ich stellte mich auf die Zehenspitzen, um meinen Arsch zu betonen und allen Anwesenden die Überbleibsel der Striemen zu zeigen. Dann hob ich mein Becken an, um allen meine Tätowierung zu zeigen und das, was ich wirklich war.

Schließlich wurde ich an ein dunkles Andreaskreuz gefesselt, mit dem Gesicht zur Wand. Ich spürte seine Hand auf meinem Arsch, wie er mich streichelte und den Männern und Frauen erläuterte, was sie heute zu erwarten hätten.

Er sprach von Wachs, Eis, Peitschenhieben, Klammern und noch einigen Dingen mehr, vor allem aber von der endgültigen Initiation seiner Sklavin, der alle beiwohnen sollten. Sie sollten um meine wahre Natur wissen, auf dass meine Demut und Unterwürfigkeit auch im normalen Leben Berechtigung und Kontrolle erführe.

Noch bevor er seinen Monolog beendet hatte, spürte ich bereits die ersten Tropfen heißen Wachses auf meiner Haut. Er tropfte es genau auf den empfindlichen Punkt, wo sich der Hintern teilte.

Um mich nicht um meinen Schmerz zu betrügen, ließ er das Wachs aus nächster Nähe auf mich tropfen. Es brannte und schickte ständig hitzige Schmerzen durch meinen Körper. Das stete Tropfen ließ mich leise aufstöhnen, und die Reaktionen der Zuschauer zeigten mir, dass sie genau das wollten. Sie wollten mich leiden, mich erschrecken sehen. Ihre Gedanken standen spürbar im Raum: Sie möge leiden und sich einer Stellung als ewige Sklavin als würdig erweisen.

Und tief in mir drin hörte ich eine Stimme, die zu mir sprach. Es war das erste Mal, das sie das tat, aber ich vertraute ihr, wusste ich doch, woher sie kam: Erweise dich würdig!

Ich wünschte mir dieses Leben so sehr, dass ich erschrak und zögerte. Und diese Stimme hatte Recht, ich wollte Sklavin sein, wollte mich benutzen lassen, Spielzeug sein! Meine Schmerzen waren Lust, meine Lust war der Schmerz, die Erniedrigung und die Demütigung. Mit jedem Wachstropfen wurde mir mein einziger, diamantener Wille klarer und klarer. Irgendwo in mir war mein wahres Ich verborgen. Der Schmerz bohrte sich Schicht um Schicht tiefer in mein Selbst, mit dem einen Ziel: diesen Willen zu befreien.

Der erste Schlag mit dem Rohrstock kam unerwartet. Das inzwischen erkaltete Wachs zerplatzte auf meinem Hintern und fiel zu Boden. Den Schrei konnte ich nicht unterdrücken und mein Herr und Gebieter schlug noch einmal zu. Dieses Mal biss ich auf die Zähne und unterdrückte den Schmerzenslaut.

Dann kam wieder das Wachs. Er versuchte die roten Striemen mit der heißen zähen Flüssigkeit besonders zu verwöhnen. Ich schloss die Augen, aber dadurch wurde das Gefühl des Schmerzes noch unmittelbarer, gerade so, als tropfe das heiße Wachs direkt auf meine geilen Gedanken, um sie festzuhalten und Lust daraus zu formen.

Er befahl mir, laut und deutlich mitzuzählen und mich für seine Mühen mit mir zu bedanken, da sauste auch schon wieder der Rohrstock auf meinen Arsch. «Eins», sagte ich und bedankte mich höflich und pflichtbewusst. «Zwei», und wieder dankte ich ihm für die Mühen.

«Drei», ich dankte dem Herren.

«Vier», ich zollte Respekt.

«Fünf», ich hatte es verdient.

«Sechs, oh Herr, welch schöner Schmerz!»

«Sieben, ihr bereitet mir Freude.»

«Acht, die Zahl der Gnade, doch bitte, oh bitte nicht für mich!»

«Neun, gebt mir euren Schmerz, Herr!»

«Zehn, schlagt fester zu, befreit euch von Skrupeln!»

In mir wuchs ein neues Selbstbewusstsein. Mit jedem Schlag starb ein Teil meines alten Selbst, während sich in den Trümmern und der Asche mein Phönix zu einem Diamanten formte, der unzerstörbar und wunderschön auf ein Leben in Ewigkeit lauerte.

Es war Hochzeit.

Am Morgen hatten wir uns mit unseren Familien auf dem Standesamt getroffen und das Papier unterzeichnet, das für den Staat so hohe Bedeutung hatte und für uns eigentlich keine. Ich trug einen weißen Hosenanzug, als kleines Zeichen inneren Aufbegehrens gegen diese Zeremonie, die keine war. Wo blieb das Ritual, der immer gleiche Ablauf, der seit Tausenden von Jahren die Menschen aneinander band? Ich fühlte mich auf dem Standesamt, als würde jeden Moment die schwarze Schrift über meiner Scham durch den weißen Stoff scheinen, meine Unschuld verhöhnen und das Weiß auslachen.

Doch nichts geschah. Als mein Herr mir den Ring an den Finger steckte, sehnte ich schon den Augenblick herbei, da er mich in den Käfig sperren würde, um mich auf die wahre Hochzeit vorzubereiten.

Der Ring, den meine Eltern zu Gesicht bekamen, war aus silber, meinem liebsten Metall nach den Ketten aus Eisen und Stahl, die mich gefangen hielten.

«Zwanzig, danke», flüsterte ich, schweißnass und der Besinnungslosigkeit nahe. «Einundzwanzig ... danke.»

«Zweiundzwanzig. Verehrter Herr, habt Dank.»

«Dreiundzwanzig. Oh Herr, ich danke euch!»

Nach 24 Schlägen fiel es mir schwer, zu sprechen. Beim zwölften Schlag hatte ich wieder geschrien, nach dem neunzehnten nicht mehr.

Mein Hintern brannte höllisch und war über und über mit Striemen geschmückt. Als nun seine Hand über meine gereizte Haut glitt, war es ein unglaubliches Gefühl. Es war intensiv und in der Lage, beinahe alle anderen Gedanken in meinem Kopf zu verdrängen. Während mich diese zarte Berührung durchdrang, spürte ich nichts mehr. Als würde er mit seinen Gedanken meine Wunden liebkosen, jagte er mir Schauer um Schauer über den Rücken.

Seine Hand glitt vorsichtig zwischen meine Schenkel und er stellte zufrieden fest, dass ich im Verlauf dieser Prozedur feucht geworden war.

Meine kleine Sklavin, sprach er mich an und meinte doch die Gäste, ich sei wohl erfreut über diese Prozedur. Leises Lachen aus dem Raum hinter mir, dessen Aufteilung für den heutigen Anlass wie geschaffen schien. Wenngleich ich mir nicht vorstellen kann, dass er für eine Sklavenhochzeit erdacht worden war, war er doch ideal. Die Gäste fanden genügend

Platz auf der Bank, die wie ein Band den ganzen Saal umrahmte. Gleichzeitig versanken ihre Gesichter im Schatten und waren so für mich, die Delinquentin, lediglich als anonyme Schemen wahrzunehmen.

Mein Gebieter und Mann band mich los und nahm mich an meiner Leine. Automatisch sank ich auf alle viere, denn ich wollte eine gehorsame Sklavin sein. Er führte mich an jedem Besucher vorbei. Dabei musste ich jedem in die Augen blicken und sagen, dass ich es gut fände, wenn man mir Schmerzen zufügte und mich erniedrigte. Er hatte sich mehrere Texte für mich überlegt und den ersten musste ich nun insgesamt zwölf Mal aufsagen:

«Freund meines Herren, ich danke für Euer Erscheinen. Seht mich unwürdige Sklavin an und helft mir, meiner wahren Natur Ausdruck zu verleihen. Erinnert mich immer wieder daran, dass ich eine Sklavin, ein Spielzeug meines Herren bin und dass ich nur atme und lebe durch ihn, mit ihm und für ihn. Mein Ziel möge der ewige Schmerz und für meinen Gebieter die ewige Lust sein. Ich danke Euch.»

Danach sollte ich jedem die Füße küssen. Besonders den anwesenden Damen schien dieses Spiel Freude zu bereiten. Und als ich die letzte Person erreicht hatte, erschrak ich zutiefst. Es war meine beste Freundin! Scheinbar unbekümmert hatte sie im Halbdunkel gesessen und das Schauspiel genossen. Ich zögerte einen Moment, doch dann drückte ich auch ihr meinen Dank aus und küsste ihre Füße.

Der sadistische Ausdruck in ihren Augen ließ mich frösteln.

Nachdem ich vor allen meine Liebe zum Schmerz offenbart hatte, allen Anwesenden meine demütige Aufwartung gemacht hatte, band mich mein Meister wieder an das Kreuz. Dieses Mal jedoch mit dem Gesicht zu den Gästen. Noch immer war ich fassungslos, meine beste Freundin im Zuschauerraum zu sehen ... Bestimmt hatte er sie ins Vertrauen gezogen, nachdem ich ihm meine Untaten gebeichtet hatte. Ich sah zu ihr hinüber, aber ihr Gesicht blieb, wie auch die der anderen Gäste, im Dunkeln verborgen.

Das Spiel mit dem Wachs setzte er nun auf meinen Brüsten fort, stets darauf bedacht, meine Brustwarzen mit der Flamme zu bedrängen. Die Hitze und der Schmerz waren bemüht, mir den Schweiß auf die Stirn zu treiben.

War ich im ersten Moment noch froh, dass meinem Hintern diese Pause gegönnt wurde, so sehr bereute ich, meine Brüste zur neuen Quelle des Schmerzes erhoben zu sehen. Meine Warzen wurden dunkler und reckten sich steil dem Wachs entgegen. Durch die Klammern waren sie überaus empfindsam und reagierten sehr heftig auf das tropfende Wachs. Der dumpfe Schmerz der Klammern mischte und multiplizierte sich mit der Pein der Kerzen.

Es war ein wunderschönes Bild, als sich das Wachs auf meiner Haut sammelte und erkaltete. Während der lustvolle Schmerz nun durch meine Brüste schoss, kribbelte mein Hintern noch immer von der Berührung meines Meisters.

Mein Herr stellte die Kerzen beiseite und bediente sich der neunschwänzigen Katze, um meinen Körper vom Wachs zu befreien. Der erste Schlag traf die Kette, die meine Klemmen miteinander verband. Mit einem Hieb flogen sie davon.

Wie die Welle einer Sturmflut ergoss sich der Schmerz in mir. Ich schrie und das schwere Stöhnen danach verriet deutlich den erfahrenen Schmerz. Doch eine Pause war mir nicht vergönnt. Unerbittlich reinigte mein Herr mich von den Wachsresten. Dunkelrot leuchteten meine Brüste, hoben sich von meinem Teint deutlich ab. Der pochende Schmerz meiner Kehrseite war vergessen. All mein Wesen, mein Selbst kauerte sich um den Schmerz, der von meinen Titten, wie sie mein Gebieter so gerne nannte, ausging.

Nach wenigen Minuten schien mein Herr mit der Säuberung zufrieden zu sein. Er legte die Peitsche beiseite und hob die Krokodilsklemmen auf. Mit einem teuflischen Grinsen im Gesicht kam er auf mich zu, die Mäuler der Klammern weit geöffnet.

Ich konnte nicht anders, sah ihm in die hellen unergründlichen Augen. Er kam weiter auf mich zu, immer näher und näher, bis sich schließlich unsere Lippen zum zweiten Kuss des Tages berührten.

Er dürfe die Braut jetzt küssen, hatte der Standesbeamte gesagt, nachdem die Urkunden von uns und den Trauzeugen unterzeichnet worden waren.

Meine Trauzeugin war meine beste Freundin. Ich hatte sie nur wenige Tage nach unserem gemeinsamen Spiel gefragt, ängstlich, sie könnte mich zurückweisen, aber sie hatte in bester Laune zugestimmt.

Ich spürte seinen Kuss auf meinen Lippen und fand es bemerkenswert, denn selten hatte er mich geküsst, wenn unsere Eltern anwesend waren. Selbstverständlich war er charmant, freundlich und höflich meinen Eltern gegenüber, aber ich spürte, dass er mich viel lieber küsste, wenn er wusste, ich konnte ihm nicht entkommen.

So hatte der Kuss auf dem Standesamt etwas befremdlich Unverbindliches.

Ganz im Gegensatz zum Kuss auf der wirklichen Hochzeitsfeier. Ich spürte mehr als seine Lippen, ich spürte sein feuriges Verlangen und wie er sich nach mir verzehrte, ich spürte Begierde, Lust und Vergnügen … und seine Zunge in mir, als mich plötzlich ein intensiver Schmerz umfing. Er hatte die Klammern an meinen Knospen zuschnappen lassen. Die kleinen Zähne bohrten sich unbarmherzig in diese so empfindlichen Stellen meines Körpers und jagten einen unangenehm geilen Schmerz in meinen

Geist. Noch immer küsste er mich, küsste er mich leidenschaftlich und ich erwiderte sein Verlangen nach mehr, nach noch viel mehr.

Für mich war es eine Ewigkeit, die allein der Schmerz bestimmte, bis der Kuss schließlich endete und unsere Augen uns wiederfanden. Er lächelte mich an, strich mir zärtlich übers Gesicht und küsste schließlich sanft meine gepeinigten Nippel.

Ich würde heute Abend meinen Spaß haben, zwinkerte er mir zu. Danach drückte er auf die Klemmen und presste das gezahnte Metall noch stärker in mein Fleisch.

Ich wand mich unter Schmerzen in meinen Fesseln. Und doch war es maßgeblich Lust, was in mir brodelte. Obgleich er bereits mit mir spielte, ließ er mein Lustzentrum beinahe unberührt.

So reckte ich ihm meine feuchte Muschi entgegen, bettelte stumm darum, er möge mich doch endlich auch hier beglücken. Doch mein Gebieter war noch strenger als sonst. Schließlich sollte ich heute die letzte Schwelle zu meinem absoluten Sklavendasein überwinden.

Diese Nacht sollte allein meine Nacht sein.

Und sie hatte erst begonnen ...

Es lag Spannung in der Luft, beinahe greifbar. Ich hörte die Gedanken der Beobachter. Sie wollten mein Leid sehen, spüren, wollten meiner Erniedrigung beiwohnen. Und unter diesen Leuten saß auch meine beste Freundin.

Sie wollten mich, mein Fleisch, meine Öffnungen, meine Gier nach Erniedrigung und Schmerz. So weit war es also nun schon gekommen. Was hatte mein Herr in den letzten Wochen, in unserer Verlobungszeit, nur aus mir gemacht? Er hatte mich daran gewöhnt, dass ich von anderen Leuten angestarrt wurde, dass ich von ihnen berührt wurde.

Es war unsere Hochzeitsnacht, in der ich an diesem Kreuz stand, mein Tattoo deutlich zur Schau stellend. ‹Sklavin›, das würde von nun an mein Name, nein, meine Bezeichnung sein.

Die Klammern waren durch eine Kette miteinander verbunden. In die Mitte hängte mein Gebieter nun kleine Gewichte, was den Zug auf meine Brüste weiter verstärkte. Normalerweise ließ er mich nie so lange zappeln, bereitete mir zwischendurch auch hier und da etwas Lust, indem aber heute war es anders.

Ich muss gestehen, dass mich die Gegenwart anderer beim Sex inzwischen sehr stark erregte, und nun, da eine ganze Gruppe um mich herum stand, war ich kurz vor dem Orgasmus, ohne nur eine einzige Berührung meines Meisters genossen zu haben.

Aber mein Gebieter kannte mich zu gut, als dass er meiner Lust nicht Herr wurde. Er würde es nicht zulassen, dass ich zu früh käme. Er hängte noch einmal ein Paar Gewichte an die Kette und die Zähne krallten sich hart in meine Brustwarzen. Der Schmerz ließ mich unruhig werden. Ich zuckte hin und her, hielt dann für einen Moment inne, weil das Schwingen der Gewichte den Schmerz nur verstärkte. Aber wenige Augenblicke später bewegte ich mich wieder, um vielleicht doch eine bequemere Position zu finden.

Dann spürte ich die Klammern an meinen Schamlippen, vier an der Zahl, zwei pro Lippe. Wieder biss Metall in hochsensible Körperregionen. Und als sich das vierte Maul geschlossen hatte, stöhnte ich hörbar auf - sehr zur Freude der Gäste, wie mir schien. Auch in meinem Schritt kamen Gewichte zum Einsatz, sie zogen und zerrten an meiner Scham mit unerbittlicher Härte. Wie eine exotische Tänzerin ließ ich mein Becken kreisen, denn mein Herr hatte es vermieden, auch nur versehentlich meine Klitoris zu berühren. Und ich war mittlerweile so geil und begierig auf Befriedigung, dass ich bereit war, alles zu tun. Ich begann, leicht zu stöhnen. Mein Becken kreiste und die Gewichte an den Klammern vollbrachten das Wunder, Schmerz in reine Lust zu verwandeln.

Dann verschwand der Meister aus meinem Sichtfeld, überließ mich ganz den Augen der Betrachter. Die Wogen der Erregung glätteten sich ein wenig, nur um einen Augenblick später wieder in einem wahren Sturm durch meine Gedanken zu fegen.

Es schien eine Ewigkeit zu dauern, bis er wieder neben mit auftauchte und die Gewichte von meinen Brüsten nahm. Auch die Klammern in meinem Schritt entfernte er.

Mein Körper dankte den fehlenden Schmerz, mein Kopf jedoch sträubte sich dagegen. Wohin trieb plötzlich all mein Denken, da es nicht mehr zielgerichtet war auf den Schmerz, den mein Herr mir gab?

Er strich mir sanft über meinen prickelnden Hintern und behutsam über meine Brüste, als er sagte, es sei nun an der Zeit, den Besuchern eine aktive Rolle zu gewähren. Genau in dem Moment presste er meine rechte

Brustwarze zwischen Daumen und Zeigefinger, sodass ich schnaufend in meinen Ketten hing.

Was hatte mein Herr mit mir vor? Wollte er, dass ich all seinen Bekannten und Freunden zu Diensten sein sollte? Wie eine billige Hure, eine Fickschlampe, die er nach Belieben vermieten, verleihen und hergeben konnte?

Wieder erwachten Zweifel und auch Angst. Ich wollte bei meinem Herrn sein, bei meinem Meister, ihm dienen, für ihn leiden, auf dass er mich auch ein wenig lieben würde. Aber eine Bumspuppe für all seine Freunde? Nein! Oder ...?

Ich war mir plötzlich nicht mehr so sicher. Ich hatte mich schon so oft in Gedanken zu den Einfällen meines Meisters bekannt, auch nach anfänglicher Skepsis. Aber plötzlich so vielen Menschen ins Gesicht zu sehen und ihnen dann zu Diensten sein, weil mehr Herr es befahl ...? Ich bekam eine Gänsehaut und konnte nicht sagen, warum.

Mein Herr setzte mir eine Maske aus Latex auf. Sie hatte keine Öffnungen. Zwei Schlauchenden schlüpften in meine Nasenlöcher, damit ich atmen konnte, aber ansonsten wurde ich durch das dicke Gummi von meinem Umfeld isoliert.

Da die Maske aus richtig dickem Latex war, konnte ich die Stimmen um mich herum nur noch sehr schwach wahrnehmen. Aber in dem Maße, wie die Haube mir die Sinne nahm, verstärkte sie den letzten verbliebenen: das Fühlen. Ich spürte zahlreiche Hände, die meinen Körper berührten, kleine Hände, grobe Hände an meinen Brüsten. Aber sie alle waren noch recht zaghaft. Es war ein vorsichtiges Heranpirschen. Scheinbar war es auch ihnen nicht vergönnt, regelmäßig eine Sklavenhochzeit zu erleben.

Ich spürte, wie meine Fesseln gelöst wurden. Man führte mich weg vom Kreuz, in die Mitte des Raumes. Meine Hände wurden in die bewährten Gummifäustlinge steckte, um sie nutzlos zu machen. Dann wurden mir die Arme auf den Rücken gefesselt. Noch immer strichen zahllose Hände über meinen Körper, über meine empfindlichen Stellen.

Das Eis brach, als meine Pobacken auseinander gezogen wurden und ein Finger in meinen Hintern glitt. Manche fingen an, meine Brustwarzen zu kneifen, andere schlugen mir mit der flachen Hand auf den Bauch und auch den Hintern, in dem sich der Finger eines Fremden ungeniert bewegte.

Ich fühlte. Und es war ein Gefühl nahe am Wahnsinn. Gleichzeitig streichelten Hände ganz zart meine Arme und jagten Schauer der sinnlichen Erregung durch meinen Körper. Grobe Finger kneteten meine Brüste und ließen den Schmerz der Klammern wieder auferstehen. Im selben Moment drehte sich der Finger in meinem Arsch und machte mich einfach nur geil.

Da die Schläuche an meiner Maske ziemlich eng waren, musste ich angestrengt schnaufen, was die Gäste wohl als unzweideutiges Zeichen meiner Geilheit deuteten. Ich hörte, wie sie sich unterhielten, aber ich verstand sie nicht. Die Hände wurden fordernder, zwickten mich in die Schenkel, drehten meine Nippel, eine Hand griff mir derb in den Schritt, während zwei Hände meine Pobacken spreizten, Finger meine Rosette streichelten und immer wieder in meinen Darm stießen. Ich spürte, wie mein Körper zitterte, wie ich hemmungslos einem Orgasmus entgegentaumelte.

Was war ich doch für ein verdorbenes Objekt! Als ob in meinem Kopf eine kleine Stimme ganz nüchtern auf mich herabsah und mich tadelte, sah ich mich für einen Moment selbst in dieser Gruppe stehen, wehrlos, gefesselt und hilflos den Berührungen dieser Leute ausgeliefert. Wie konnte es nur so weit kommen?

War ich nicht eine selbstbewusste Frau, noch jung zwar, doch immerhin mit einigen Jahren Berufserfahrung und dem dazugehörigen Erfolg? Ich hatte ein schönes Leben – warum sehnte ich mich nach Erniedrigung und Auslieferung?

Plötzlich wurden meine Fesseln gelöst. Sie gaben mir wieder meine übrigen Sinne zurück, wenn auch nur für kurze Zeit. Nackt stand ich mitten im Raum, alleine. Die Anwesenden hatten sich wieder auf die Bank an der Wand zurückgezogen. Aber ich spürte sehr wohl ihre begierigen Blicke. Und ich sah den zufriedenen Ausdruck im Gesicht meines Gebieters.

Er reichte mir einen transparenten Latexanzug und befahl mir, ihn anzulegen. Er unterschied sich von denen, die ich bereits besaß. Als ich ihn anlegte, spürte ich, wie eng er war. Auf obszöne Weise betonte er meine Rundungen und quetschte meine Brüste derart, dass sie geradezu gewaltig wirkten. Der Anzug war beinahe beliebig mit diversem Innenleben zu bestücken, egal ob mit Klistieranschlüssen, Dildos oder Dingen, die ich hier lieber der Phantasie des Lesers überlassen möchte. Die Maske war ebenso modular aufgebaut, konnte also ganz nach Wunsch mit Knebeln, Augenklappen, Ohrenstöpseln und vielem mehr ausgestattet werden. An Knöcheln, Knien, Handgelenken, Ellenbogen, an der Taille, über und unter den Brüsten sowie am Hals war der Anzug verstärkt und mit Schlaufen versehen. So war es möglich, mich innerhalb weniger Augenblicke so zu fesseln, dass ich nahezu bewegungsunfähig war.

Mein Anzug war meine Haut. Sie machte mich zu mehr als nur zu einem Menschen. Durch sie wurde ich zum Spielzeug meines Herrschers, zum Objekt, das Leid ertrug, um Lust zu schenken. Es war ein Anzug, der mehr zu bieten hatte als alle vorigen. Es war das perfekte Geschenk für ein unvollkommenes Spielzeug. Es war sein Hochzeitsgeschenk an mich. Und die Tatsache, dass ich ihn trug und alles, was er für mich bereithielt, ertrug, war mein Hochzeitsgeschenk an ihn.

Die ersten machten Fotos, während ich in den Anzug kletterte. Ich zog das enge Material über meinen wunden Arsch und sofort verstärkte die bizarre Haut mein Empfinden. Als ich schließlich mit der schweißtreibenden Arbeit fertig war, zog mein Meister den Reißverschluss zu. Er justierte die Maske noch ein wenig und strich zum Abschluss die kleinen Fältchen glatt. Nun wirkte ich wie eine frisch polierte Statue, glänzend, makellos, abwaschbar.

So ist die perfekte Frau, die perfekte Sklavin. So bin ich!

Dann begann ein wahres Wettbieten, welche Utensilien angebracht werden sollten. Das begeisterte Publikum entschied sich für einen aufblasbaren Knebel und daran angeschlossen einen Atemsack. Und als mein Gebieter dann meinte, man könnte meine durch diesen Rebreather geminderte Luftzufuhr auch noch aromatisieren, ging ein zustimmendes Gemurmel durch die Reihen. Besonders die anwesenden Damen erwiesen sich als auffallend sadistisch und erbarmungslos bei der Ausstattung meines Anzugs. Sie wählten einen großen aufblasbaren Dildo aus, der außen mit langen Stacheln aus weichem Gummi besetzt war.

Eine Besucherin bat sogar darum, mir dieses kleine Wunderwerk selbst anlegen zu dürfen, und mein Meister willigte ein. Als sie auf mich zukam, erkannte ich durch das milchige Gummi meine Freundin.

Ihre zierliche Gestalt passte so gar nicht zu ihrem Gesichtsausdruck. Ihr Gesicht wirkte wie das eines Engels, das durch das durchsichtige Latex zu einer sadistischen dämonenhaften Fratze verzerrt. Ihre herrischen Augen straften die übrige Erscheinung Lügen. Sie trug einen kurzen Lackrock und eine weiße Bluse, die lässig über ihrem Bauchnabel zusammengeknotet war.

Ob ich sie genossen hätte, die Zeit in meinem Käfig, fragte sie mich, so dass niemand sonst es hören konnte. Und da fiel es mir wie Schuppen von den Augen. Sie war es gewesen, die mein Herr eingeladen hatte, sich an mir zu vergehen. Ich hatte ihm doch selbst berichtet, dass es ihr offenbar nicht schwer gefallen war, mich zu demütigen! Doch nicht in meinen kühnsten Träumen hätte ich geahnt, wie sehr sie es genossen hatte.

Unter ihrem prüfenden Blick kam ich mir plötzlich so unbedeutend vor, so, als würde ich einen weiteren Schritt hin zur Sklaverei geschoben, allein durch den Blick in ihre Augen. Ihre Stimme war so weich und zart, aber die Worte waren so hart - dieser Widerspruch erzeugte eine Spannung, der ich mich nicht entziehen konnte. Und in diesem warmen und lieblichen Tonfall sagte sie, ich solle meine Beine spreizen und meinen Arsch präsentieren.

Wie viele Finger ich denn in meinen Sklavenarsch stecken könne, wollte sie wissen. Ich fiel auf alle viere, streckte meinen Hintern in die Höhe und ließ meine Rechte über meinen Rücken zu meinem Arschloch wandern. Vorsichtig steckte ich erst einen, dann den zweiten Finger hinein. Ich solle nicht so tun, als ließe mich das ganze kalt, herrschte sie mich an, wenn ich mit meinen Fingern mein Arschloch ficke. Diese Worte aus dem Mund dieser wunderschönen Herrin zu hören, machte mich heiß. Meine Freundin, nein, meine Herrin war wie flüssiges Eisen: ein wunderbarer und exotischer Anblick, aber wehe, man berührte es.

Mein Herr hatte sich zu den anderen Zuschauern in den Schatten zurückgezogen und überließ die Erziehung meiner neuen Herrin, die ihre Arbeit mit einer Konsequenz und Härte ausführte, dass ich die Hand meines Meisters durch ihre Taten spürte.

So lag ich nun vor meiner Herrin und fickte mich selber mir drei Fingern in meinen Hintern. Sie kam auf mich zu, kniete sich vor mich hin und stülpte mir eine Gasmaske über den Kopf. An dieses Ungetüm schloss sie einen transparenten Beutel, in dem eine Flüssigkeit schwappte, die ich mit meinem ersten tiefen Atemzug als Urin identifizierte.

Niemand habe mir erlaubt, innezuhalten, herrschte sie mich an. Rasch bemühte ich mich, wieder meinen eigenen Arsch zu ficken. Der Atemsack blähte und leerte sich schneller und schneller. Eine leichte Atemnot stellte sich ein, die aber meine Erregung nur noch mehr aufpeitschte. In meinem Lustrausch nahm ich zwar wahr, dass sie einige Worte mit meinem Gebieter wechselte, aber ich verstand nicht, was sie sagten. Mein Geist kreiste nur um meine grenzenlose Geilheit.

Es sei genug, stoppte das Mädchen mich kurz vor dem erlösenden Orgasmus. Und wieder legten sich die Wogen meiner Lust und wieder wartete ich vergeblich auf die Erlösung.

Die Gebieterin befahl mir, auch den vierten Finger in meinem Poloch zu versenken. Und ich solle mich schon einmal darauf vorbereiten, dass auch mein Daumen heute noch in mir verschwinden würde.

Die Zuschauer quittierten diese Aussprüche mit Wohlwollen. War der vierte Finger noch möglich, brauchte ich Hilfe, um mich schließlich sel-

ber anal zu fisten. Meine Freundin freute sich wie ein kleines Kind, als es vollbracht war. Ich sollte mich aufrichten und meinen gestopften Hintern präsentieren, was ich auch tat.

Ein Zuschauer machte Fotos, wovon eines mittlerweile als Hochzeitsbild bei uns im Schlafzimmer hängt: Ich blicke durch die Maske in die Kamera, das transparente, leicht gelbliche Latex auf meiner Haut und meine Faust steckt bis zum Handgelenk in meinem Hintern.

Die kleine Herrin entließ mich aus der unangenehmen Position und führte mich an einen Pranger. Dort steckte sie meine Arme und meinen Kopf durch die dafür vorgesehenen Öffnungen und verschloss das hölzerne Ungetüm mit einem schweren Schloss. Nun ließ sie es sich nicht nehmen, mich mit ihrer eigenen Hand anal zu erkunden. Ich spürte ihre Finger, wie ich sie schon einmal gespürt hatte. Beinahe ohne Probleme glitt sie in mich hinein.

Ihre Bewegungen kamen mir sehr versiert und erfahren vor. Es war ein wunderbares Gefühl und sie bemerkte selbstverständlich, wie ich ihr meinen Hintern entgegenreckte, ihre Hand einlud noch tiefer in mir zu versinken. Aber schon nach kurzer Zeit ließ sie von mir ab.

Der Atemsack pfiff und gluckerte, als ich versuchte, den Duft von Pisse tief in mich aufzunehmen. Ich atmete tatsächlich irgendjemandes Urin. War ich tief gesunken? Oder war es Lust, die mich immer höher hob?

Ich sah kurz auf und erkannte meinen Gebieter. Er hatte sich inzwischen entkleidet und sein Schwanz streckte sich mir entgegen. Seit meiner Geburt als Sklavin habe ich gelernt, den Penis zu verehren, ihn als den Inbegriff der Männlichkeit und Macht meines Gebieters zu lieben.

Doch dieses Mal war er nur ein geschicktes Ablenkungsmanöver. Ich spürte das anale Ungetüm an meinem Hintereingang. Mit einigen erfahrenen Handgriffen positionierte meine neue Domina das dildoähnliche Gerät in mir. Mit kräftigen Pumpstößen fixierte sie es und die Stacheln gruben sich in meinen Darm. Durch das Aufblasen legte sich eine kleine Latexwulst um meinen Schließmuskel und verdeckte somit alles, was an meinem Anus einmal menschlich war. Es war nun eine Gummifotze. Eine Gummiarschfotze.

Mein Herr hatte sich einen Spaß daraus gemacht, mir solche Namen zu geben. Und Gummiarschfotze war eines seiner liebsten Worte für mich.

Wenn ich geil war und mich mein Herr fickte, wiederholte ich es gerne und bestätigte ihm, dass ich seine persönliche Gummiarschfotze sei, sein Spielzeug.

Ich sah, wie mein Meister nickte, sein Glied in die Hand nahm und rieb. Welcher neuerlichen Schrecklichkeit hatte er hier zugestimmt. Die Frage wurde mir ohne Verzögerung durch einen kräftigen Schlag mit dem Rohrstock auf meinen Hintern beantwortet. Ich wusste nicht, wer mich schlug, aber mein Meister billigte meine Behandlung, also erduldete ich den Schmerz.

Nach wenigen Schlägen wimmerte und schrie ich, soweit es der Atembeutel zuließ. Das führte jedoch dazu, dass ich die Pisse nur noch tiefer einatmete und meine Lungen sich komplett mit Urinaroma füllten.

Nun folgte anscheinend der Höhepunkt des Abends. Mein Herr und Gebieter erhob sich und kam auf mich zu. Mein Atembeutel gab schnorchelnde Geräusche von sich, deshalb musste er laut und deutlich sprechen. Er sprach von der Freigabe meiner Gummifotze zur ausgiebigen Benutzung durch die Männer. Jeder, der sich an mir vergehen wollte, konnte dies nun tun. Sie sollten lediglich darauf achten, in die gummierte Öffnung zu stoßen.

Bei diesen Worten blieb mir beinahe das Herz stehen.

Ich wand mich in meinen Fesseln, die mich in dieser unbequemen gebeugten Lage hielten, und beschwor so eine Strafe meines Herren herauf. Ich dachte, vielleicht gäbe es einige Extraschläge auf meinen Arsch, aber nein, er hielt einfach mein Mundstück zu. So blieb mir nicht einmal die wenige Luft, die ich vorher zum Atmen hatte. Nun konnte ich gar nicht mehr atmen und bekam zudem eine Augenklappe aufgesetzt. Meine Vorstellungen, Gelüste, Träume, Befürchtungen und Ängste waren die einzige Fackel, die mir in meiner Dunkelheit noch Gesellschaft leistete.

Noch immer wand ich mich atemlos in meinen Fesseln, als ich dumpf den ersten Eindringling spürte. Ich wurde benutzt, von einem Unbekannten gefickt, in meinen Arsch! Ich konnte nicht atmen. Mein Herr, mein Herr über Leben und Tod, über mich, er bestimmte, was mit mir geschah, so wie heute, so in alle Ewigkeit ...

Nach einigen harten Stößen gewährte mir mein Meister wieder Luft. Er nahm mir die Maske ab, sodass ich wieder frei durch die beachtliche Mundöffnung in der Kapuze des Anzugs atmen konnte. Noch immer spürte ich, wie sich hart ein Schwanz in die Gummivulva bohrte und die Stacheln der Außenseite in meinem Darm Halt suchten.

Ohne Rücksicht auf meine Umgebung stöhnte ich vor Geilheit auf.

Ja, ja verdammt, ich war geil! Es gefiel mir! Es war geil! Mein Herr gönnte mir nur wenige tiefe Atemzüge, als er mir endlich seinen Schwanz gab. Wie ein braves Hündchen öffnete ich meinen Mund weit und empfing seinen Herrscherstab.

Es war das erste Mal, dass ich zwei Schwänze zur gleichen Zeit in mir spürte. Nie fühlte ich mich mehr als Spielzeug, als Objekt, als Automat, als in diesem Moment. Es war wunderbar und herrlich. Meine ungebändigte Geilheit wusch alle Bedenken, alle Sorgen hinweg. Sollten sie mich doch alle ficken. Ich war bereit, war Sklavin. Die Sklavin meines Herren, so wie er es mir eingravieren ließ, so wie es auf meinem Venushügel steht!

Doch mein Herr kam nicht in meinem Mund. Nach wenigen Minuten zog er sich aus mir zurück, die glänzende Eichel so nah vor seiner gefesselten Sklavin und doch unerreichbar. Er legte mir erneut die Maske an und ließ mich wieder das durchdringende Urinaroma genießen.

Ich musste vorsichtig sein, denn der Atembeutel stellte mir nur wenig Luft zur Verfügung. Unter größten Anstrengungen versuchte ich, wieder normal zu atmen, und als sich mein rasender Puls wieder beruhigt und meine Lust die Angst von der Geilheit dieser Szenerie überzeugt hatte, spürte ich plötzlich, dass mein Meister dieses Mal wirklich mein Leben in Händen hielt. Er musste nur die Öffnung des Atembeutels verschließen ...

Dieses Gefühl überwältigte mich.

Es bereitete mir Angst, aber eine, die ihren Ursprung in meiner eigenen Erregung hatte. Plötzlich war es, als würde ich von allen Männern dieser Welt gleichzeitig genommen. Ich war das kleine Spielzeug meines Herren! Ja, ich war das kleine Nichts, das man ohne Anstrengungen auslöschen konnte. Diese Vorstellung erregte mich immer weiter, und die unnachgiebige Bearbeitung meines Darms brachte mich schließlich zu einem wahnsinnigen Orgasmus.

Ich zitterte am ganzen Leib, mein Atem ging noch schneller und so zog sich das Latex des Beutels immer enger zusammen. Die Atemluft war nass und ich schmeckte die Pisse auf der Zunge.

Aber das rhythmische Stoßen hörte nicht auf, im Gegenteil, plötzlich spürte ich Finger, die meine Klitoris bearbeiteten, Finger, die in meine Muschi eindrangen und mich unnachgiebig fickten. Wehrlos zuckte ich durch meinen Orgasmus, ohne dass die erregenden Reize abnahmen. Mein Verstand wurde auf der Woge des Wahnsinns auf den Abgrund zugetrie-

ben, angestachelt durch einen Schwanz in meinem Arsch und den unseligen Duft des Urins in Nase und Mund.

Mein Herr stand vor mir und sah mich keck an. Ich hätte mir eine Belohnung verdient, meinte er und deutete auf die hinterlistig grinsende Domina, die einmal meine beste Freundin war und nun als Herrin über mir stand, ähnlich gnadenlos wie mein Meister selbst.

Was ich sah, ließ mich stutzen. Sie trug einen Slip, an dem vorne ein schwarzer dickgeäderter Gummischwanz hing, ein Strap-On, wie man so etwas gerne nannte.

Ein schneller Blick in die mich umgebenden Schatten bestätigte meinen Verdacht: Keiner von denen hatte mich genommen, sondern nur sie! Sie allein hatte mich gefickt!

Mein Herr hatte mich also doch nicht hergegeben, mich feilgeboten und wie ein liebloses Spielzeug jedem überlassen, der es benutzen wollte.

In meinen Gedanken klang noch immer das Wort ‹Belohnung› nach, als ich das Tablett in der Hand meiner Freundin bemerkte. Darauf standen zwei Sektgläser. In der anderen Hand hielt sie einen Sektkühler.

Sie stellte beides vor mir ab, öffnete meinen Anzug und spreizte meine Schamlippen. Ich solle mich entleeren, war der knappe Befehl.

Nach anfänglichem Zögern schaffte ich es endlich, in dieser ungewohnten Position zu pinkeln. Ich hörte es plätschern und sah wieder das Blitzlicht diverser Fotoapparate.

Welch einen Anblick ich hier bot: gefesselt, von Wachs und Rohrstock gezeichnet und in einem transparenten Latex-Catsuit in einen Pranger gesteckt, pinkelte ich schließlich mit gespreizten Beinen in einen Sektkühler! In den Köpfen der Besucher würde dieses Bild auf ewig zementiert sein. Sie hatten mich als Sklavin kennen gelernt. Nichts anderes war ich für sie.

Nur meine Freundin kannte mein Leben davor. Sie kannte meine Seele, sie wusste, wer und was ich alles war – und offenkundig hatte sie meinen Weg für gut befunden.

Als ich fertig war mit Pinkeln, fuhr sie mit zwei Fingern durch meine nasse Spalte und streckte mir diese betont lasziv entgegen. «Sauber lecken!», tönte es unbarmherzig aus dem Mund meiner besten Freundin, während mein Meister lächelnd neben ihr stand.

Ohne weiter zu überlegen, öffnete ich meinen Mund und fing an, hingebungsvoll an den beiden Finger zu lutschen. Der salzige Geschmack war mir nur zu vertraut. Mein Herr hatte mich in den letzten Tagen mehr als einmal mein Versprechen einlösen lassen, seinen Saft in mich aufzunehmen. Und er hatte mich auch nicht verschont, meinen eigenen Saft zu trinken.

Man werde mich nun vorbereiten auf das Nicht-Leben, auf meine Existenz als Ding, als Gummitier, hörte ich meinen Meister sprechen, während ich fleißig an den Fingern meiner Herrin weiterleckte. Dazu gehöre, führte er weiter aus, das komplette ‹Verschlauchen› der Sklavin. Er wolle mich wichtiger Körperfunktionen berauben und mir zeigen, dass er auch Herr über diese sei.

Das behagliche Gefühl in meinem Darm verschwand. Nun waren alle meine Öffnungen wieder frei zugänglich. Ich wusste, dieser Zustand würde nicht lange andauern, dennoch war ich einigermaßen überrascht, wie umfassend mein Herr meinen Körper umfunktionierte. Er ließ mich in ein pissgelbes Gummihöschen steigen, das ein äußerst raffiniertes Innenleben besaß. Der Slip hing mir noch an den Knien, als ich plötzlich ein unangenehm brennendes Gefühl an meiner Harnröhre spürte. Was war das? Es brannte höllisch und hatte so überhaupt nichts mit den übrigen Spielen zu tun. Oder doch?

Ich begriff, was mein Herr tat: Er setzte mir einen Katheter, schob mir einen Schlauch in die Blase, damit der Urin unkontrolliert ablaufen konnte. Und als die Spitze des Katheters in meine Blase vorstieß, wurde das Brennen wurde noch einmal schlimmer. Mit einem Mal hatte ich das Gefühl, dringend auf die Toilette zu müssen. Obwohl ich vor wenigen Minuten gepinkelt hatte, hörte ich es von neuem tropfen. Mein Herr verschloss den Auslass mit einem Pfropfen und fixierte den dünnen Schlauch in mir, indem er die Gummiblase an der Spitze des Röhrchens mit Wasser aufblies. So konnte ich den Katheter ohne entsprechendes Werkzeug nicht selbstständig entfernen. Das Schlauchende fädelte er in die Hose ein, die er nun weiter hochzog.

Die beiden aufblasbaren Ungetüme auf der Innenseite der Hose ließen bereits in schlaffem Zustand erkennen, dass es sich hierbei nur um eine Sonderanfertigung handeln konnte. Solche Größen waren schließlich nicht in jedem Wesen zu entfalten. Vor gar nicht allzu langer Zeit hatte auch ich mich zu diesen Wesen gezählt, doch mein Herr hatte mich eines Besseren belehrt.

Beide Plugs hatten einen Klistierschlauch, über den man Flüssigkeiten zuführen oder ablassen konnte. Es dauerte nicht lange, dann steckten die Gummiröhren in mir - zwar noch nicht aufgeblasen, aber durch die starren Enden doch deutlich spürbar.

Die Hose war sehr eng und hielt so die Dildos auch bei größtem Druck an ihren vorgesehenen Plätzen. Neben dem Katheter baumelten nun zwei weitere Schlauchanschlüsse und die beiden Pumpbälle zwischen meinen Beinen.

Doch zu diesem Zeitpunkt ahnte ich noch nicht, dass dies erst der Anfang war. Mein Herr wollte mich an diesem Abend wirklich zu einer Maschine, einer Lustmaschine umgestalten.

Bevor man mich aus dem Pranger entließ, legte mir meine Herrin wieder ein paar Fäustlinge an, dieses Mal jedoch aufblasbare. Nachdem die Handschuhe gut verschnürt waren, krempelte sie das Gummi meines Anzugs darüber und fixierte alles mit abschließbaren Fesseln, die sie um meine Handgelenke band. Die Schlauchenden der Fäustlinge hingen wie ein kleiner Tentakel aus den unförmigen Handschuhen heraus, wie ein einzelner nach innen gebogener Finger. Nun präsentierte mir mein Herr eine Maske, die von außen bereits erschreckend wirkte, ihre wahre Bosheit jedoch erst beim Tragen völlig preisgeben sollte. Es war eine rundliche Maske ohne jegliche Öffnungen. Der Mund lief spitz zu und endete in einem Gewirr aus Schläuchen und Anschlüssen.

Dies würde mein neues Gesicht werden, sagte mein Herr, doch zunächst wäre es Zeit für den zweiten Text.

Gerade dem Pranger entkommen, stand ich vor den Schaulustigen, vor meiner liebsten Freundin und meinem Herrn. Automatisch sank ich auf die Knie und senkte den Kopf.

Dann sprach ich die folgenden Worte: «Wille gibt Form. Ich habe meinen Willen abgegeben. Ich habe keinen Willen mehr, nur noch einen Zweck, meinen Herrn und Meister, meinen Gebieter zu erfreuen und ihm schöne und angenehme Stunden zu schenken als seine Sklavin.

Nun, da ich keinen Willen mehr habe, habe ich auch keine Form mehr. So möge also mein Herr meine Form bestimmen. Ich werde sie annehmen und ihm dankbar sein, denn mein Körper ist seine Leinwand. Macht euer Spielzeug aus mir, Herr! Ich gehöre euch. Mein Augenlicht, das Fühlen meiner Hände oder das Schmecken meiner Zunge, das Hören meiner Ohren oder das Riechen meiner Nase gehören nicht länger mir. Bestimmt, was ich sehe, was ich fühle, schmecke, höre oder rieche! Nichts an mir ist wichtig, solange es euch, mein Gebieter, nicht erfreut.»

Wieder umfing mich Dunkelheit. Die Maske war ebenfalls sehr eng. Ich spürte noch, wie meine Freundin an meinem Hinterkopf die Schnürung festzog und anschließend die Maske selbst mit einem eisernen Halsband an mir fixierte. Ich versuchte mir vorzustellen, welchen Anblick ich wohl bot. Keine Finger mehr, kein Gesicht. Das bestimmendste Merkmal waren Schläuche, die aus meinem Unterleib und meiner Kopfpartie ragten. Dumpf hörte ich die Stimme meines Meisters, wie er verkündete, dass die Transformation noch nicht vorbei sei.

Und schon wenige Sekunden später spürte ich, was er meinte. Blind wurde ich durch den Raum geführt, um auch das letzte verbliebene Spielzeug genießen zu dürfen: ein gynäkologischer Stuhl. Sie schnallten mich darauf fest, zunächst die Beine, die mittlerweile beinahe das Einzige waren, was mich eindeutig als Mensch auswies, dann folgten die Arme. Und schließlich befestigten sie noch einen Gurt unterhalb meiner Brüste.

Kurz darauf presste mit einem hohlen Geräusch Luft in die Maske und das Gummi sich mit atemberaubender Wucht auf mein Gesicht. Der kleine Knebel schwoll zu einer gewaltigen, penetrant nach Gummi schmeckenden Penisform an, und die noch eben so locker an meinen Nasenlöchern sitzenden Atemrohre bohrten sich tiefer und tiefer. Um meine Ohren schmiegte sich das Latex ohne Gnade und verhinderte, dass ich auch nur das Geringste von meiner Außenwelt wahrnahm.

In diesem Moment verstand ich, warum mein Herr mir die Vorbereitungszeit auferlegt hatte.

Ich bekam kaum Luft. Die schmalen Gummischläuche in meiner Nase ließen mich nur flach atmen, also versuchte ich mich zu entspannen. Doch der Druck auf meinem Kopf stieg und stieg. Es fühlte sich an, als würde mein Kopf zwischen den Zangen eines Nussknackers stecken. Meine Kiefer wurden von dem anschwellenden Knebel auseinander gedrückt, während von außen meine Backen zusammengedrückt wurden. Mein Körper war lediglich ein kümmerlicher Rest Mensch in einem Ungetüm, das der Phantasie meines Meisters entsprungen war. Und hier zählte vor allem das Gummi. Dann endlich schien der Druck zumindest konstant zu bleiben. Mir dröhnte das Rauschen des Blutes in meinem Kopf. Unfähig, die Zunge oder nur das Augenlid zu bewegen, war mein Kopf nun völlig nutzlos geworden. Als Nächstes stieg der Druck um meine Hände an. Zu Fäusten gepresst, schien es mir, als verschwänden meine Finger für alle Zeit in den prall und rund aufgeblasenen Fäustlingen. Doch was dann folgte, erwischte mich völlig unvorbereitet. Plötzlich spürte ich den Druck auf meinem ganzen Körper! Das Ventil des Anzugs musste ich wohl beim Anlegen übersehen haben. Der wohlige Druck wuchs und wuchs und das Latex drückte sich besitzergreifend an mich. Es war ein unbeschreibliches Gefühl. Völlig außerstande, auch nur den kleinsten Muskel zu bewegen, war ich meiner Sinne und wichtigsten Körperfunktionen beraubt, den Anwesenden absolut ausgeliefert.

Von außen musste ich wirken wie ein Alien, und ich fühlte mich auch so. Fremd, anders als alle Anwesenden und den Blicken hilflos ausgeliefert. Meine Gedanken kreisten nur noch um meine Hilflosigkeit und verselbstständigten sich unaufhaltsam. Ich stellte mir vor, wie man mich fotografierte und Zeugnisse meiner Wandlung für die Ewigkeit festhielt.

Lediglich über zwei Muskeln hatte ich noch die Kontrolle! Ich presste meinen Schritt um die beiden Dildos, drückte sie zusammen und entspannte mich wieder. Rhythmisch, immer weiter. Mein Atem ging heftiger, und während mein Hinterkopf die Situation objektiv zu betrachten versuchte, schrie es in meinem Kopf eigentlich nur: Ich liebe euch, Herr!

Ich wurde feucht und geil allein davon, wehrlos meinem Herren zur Verfügung zu stehen! Was würde passieren, wenn er es einfach dabei beließe? Ich würde in diesem Gefängnis vergehen vor Lust!

Kurze Zeit später rührten sich die Dildos in mir. Das Zusammenpressen meiner Muskeln wurde schwieriger und schwieriger, bis es schließlich unmöglich war. Die Plugs dehnten und weiteten mich, drückten von innen gegen Darm und Muschi und mich noch fester in den Anzug hinein.

Ich wollte schreien, weil sich die beiden Eindringlinge so rasend schnell weiteten, doch der Knebel in meinem Mund verhinderte beinahe jeden Laut. Es mochte höchstens ein dumpfes Röcheln sein, was an die Außenwelt drang.

Früher hatte ich mich gegen diese Prozedur noch gewehrt, aus Angst, er könnte mich ausleiern und mir Schaden zufügen, doch mittlerweile halte ich es für unabdingbar, als Sklavin geweitete und gut trainierte Löcher zu besitzen. Besonders im Arsch, wo die Liebe einer Frau zum Ausdruck gebracht werden kann! Dem Herrn einen blasen, das ist kein Problem. Und ist der Herr nicht wie ein schwarzer Mustang gebaut, sollte auch die Muschi kein unüberwindbares Hindernis darstellen. Dem Meister einen gut trainierten Arsch problemlos und jederzeit zur Verfügung stellen zu können, setzt Hingabe und Anstrengung voraus!

Und während der Druck in mir immer weiter wuchs, spürte ich plötzlich, wie Flüssigkeit meinen Rachen hinabrann. Es war Urin. Wunderbarer salziger Saft.

Brav schluckte ich alles hinunter, doch die schiere Menge ließ mich erschaudern. Das konnte nicht nur von einer einzigen Person stammen. Ich versuchte, nicht nachzudenken, sondern nur den Wünschen meines Herren zu entsprechen und weiter zu schlucken.

Mit einem Mal fühlte ich wieder jenes seltsame Gluckern in meinem Darm, als auch dort Flüssigkeit hineingepresst wurde. Ich ahnte, dass die Transformation zur Gummipuppe, zum Spielzeug damit abgeschlossen war. Nun war ich nicht nur außen, sondern auch innen vollständig mit Latex ausgekleidet. Mein Körper war nur noch Gerüst.

Nun begann mein Herr zu spielen. Er befüllte meine Öffnungen mit Flüssigkeiten, ließ sie nach Belieben zu- oder ablaufen und präsentierte mich so den Zuschauern als absolut willenloses Objekt.

Dann mischte sich plötzlich ein merkwürdiges Gefühl im Unterleib unter die restlichen Eindrücke. Noch immer presste man mir den gelben Saft in den Darm, doch nun spürte ich auch, wie sich meine Blase füllte mit, wie sich später herausstellte, steriler Kochsalzlösung.

Zu guter Letzt fühlte ich, wie etwas in meine Muschi lief. Er flutete meinen Körper, probierte alle Öffnungen des neuen Spielzeuges aus. Er spielte mit mir, konzentrierte sich auf mich und wusste stets, dass ich, seine Sklavin, der lebende Kern in seinem Spielzeug war.

Es schien, als würde der Flüssigkeitsstrom nie versiegen. In mir rumorte es und der Druck zerriss mich fast. Dennoch, als ich mir meiner Lage voll bewusst wurde, wollte ich weinen vor Glück.

Nach einiger Zeit erhöhte sich der Druck in meinem Inneren nicht weiter.

Hochkonzentriert versuchte ich, meine Atmung allmählich wieder in den Griff zu bekommen, um die Schläuche nicht über Gebühr zu strapazieren. Und als der Druck schließlich nachließ, hatte ich mich bereits etwas beruhigt.

Ich spürte, wie sich die Flüssigkeiten aus meinem Körper zurückzogen Dann nahm man mir die Maske ab und ich blickte in das Gesicht meines Gebieters. Er lächelte mich freudig an und küsste mich leidenschaftlich. Er liebe mich, flüsterte er und ich bemerkte, dass niemand mehr im Raum war. Die Besucher hatten gesehen, was sie sehen sollten: eine neue Sklavin für den Gebieter. Vor ihnen und vor meinem Herrn war ich nun offiziell Sklavin und Sexspielzeug.

Ob er mich wirklich jemals verleihen würde, fragte ich nach einem weiteren innigen Kuss.

So weit sei ich noch nicht, antwortete er. Aber irgendwann könne er sich das durchaus vorstellen.

Während er mich küsste, öffnete mein Herr den Schrittverschluss meines Anzugs und entfernte den Analstöpsel. Schnell ersetzte er ihn durch seinen Schwanz, den ich nun mühelos in mir aufnahm. Ich presste und bearbeitete seinen Schwanz mit meiner Rosette, bis er schließlich in mir kam.

Seine Hände liebkosten meinen gummierten Körper und verweilten oft an der Stelle, wo das Gummirohr in meiner Harnröhre verschwand. Ob mir das gefalle, wollte er wissen.

Was ihm gefalle, sei heilig für mich, antwortete ich ihm.

Er lächelte und befreite er mich von den Fesseln. Ich spürte, wie sein Sperma aus meinem Hintern tropfte.

Der Katheter würde ein weiteres ständiges Accessoire werden, sagte er mir und wandte sich ab. Noch im Gehen meinte er, ich solle mich säubern, dort hinten sei das Bad, dann ließ er mich allein.

Ich stieg in die geräumige Dusche und ließ das Wasser über meinen Körper laufen. Mein Hintern schmerzte etwas aufgrund der langen Beanspruchung und noch fühlte ich mich etwas wacklig auf den Beinen. Außerdem hing dazwischen nach wie vor der Katheterschlauch, versiegelt mit einem Stopfen. Das merkwürdige Brennen, als müsste ich andauernd auf die Toilette, versuchte ich zu ignorieren, als plötzlich meine Freundin neben mir stand und befahl, Ich solle mich auf den Boden der Dusche setzen. Als ich zunächst nicht gehorchte, verpasste sie mir eine Ohrfeige und sah mich aus ihren göttlichen Augen drohend an.

Erschrocken über die Ohrfeige kniete ich mich hin. Sie zog sich den Schlüpfer aus und ich blickte in ihre wundervolle rasierte Muschi. Die äußeren Schamlippen umschlossen das Innere völlig, und so fiel mir nur ein Wort ein, ihre Scham angemessen zu beschreiben: makellos. Als ich meinen Blick wieder von dieser perfekten Venus löste, sah ich den zufriedenen Ausdruck in ihren Augen.

Ich solle ihr zeigen, was meine Zunge so alles kann und dabei nicht vergessen, dass wir nicht viel Zeit hätten.

Ohne zu überlegen vergrub ich meinen Mund ich ihrem Schoß, und meine Zunge suchte ihr Allerheiligstes. Als ich es fand, umkreiste ich es erst ein wenig, dann fuhr ich genau darüber und leckte um mein lausiges Leben.

Schon nach kurzer Zeit musste sie sich an der Wand abstützen. Ihre Seufzer zeigten, ich war auf der richtigen Fährte. Ich grub meinen Mund, meine Lippen noch tiefer in ihr Fleisch und versuchte, ihre Klitoris mit meinem Mund zu umschließen. Ich saugte und erwischte sie, saugte und leckte das kleine Ungetüm unablässig, nicht willens, es jemals wieder freizugeben.

Mit einem beinahe wimmernden Fluch kam sie. Sie riss sich von mir los und wandte sich ab. Ich sah sie schwer atmen und war insgeheim zufrieden mit meiner Arbeit.

Da wurde die Tür geöffnet und mein Herr und Meister trat ein. Ich wusste nicht, wie ich reagieren sollte, und so blieb ich wortlos, mit gesenktem Blick sitzen.

Aber er lächelte nur und führte meine Freundin nach draußen. Als er die Tür wieder schloss, sagte er noch, ich solle mich beeilen.

Als ich aus der Dusche zurückkehrte, war meine Freundin gerade im Begriff zu gehen. Sie hauchte mir noch einen Kuss zu, dann war sie verschwunden.

Neben mir auf dem Boden stand das Tablett mit den beiden Sektgläsern. Eines war gefüllt mit Sperma und ein weiteres mit Urin. Ich wusste, was mein Herr von mir erwartete. So nahm ich zunächst das Glas mit der weißen Flüssigkeit, setzte es an und schluckte genüsslich den Saft der Lenden.

Nachdem ich Nummer eins geleert hatte, nahm ich das zweite Glas und ließ mir seinen goldenen Inhalt durch die Kehle rinnen. Als seine Sklavin war es schließlich meine Pflicht, die Gedanken meines Herrn zu lesen und zu wissen, was er von mir erwartete. Als ich beide Säfte getrunken hatte und mir über die Lippen leckte, lächelte er mir zu und nahm mich in die Arme.

Das erste Glas sei sein Hochzeitsgeschenk gewesen, das andere komme von meiner Freundin. Jetzt wusste ich, dass es Zeit war für den letzten Text des Abends:

«Ich danke dir. Für alles. Für dich. Ich liebe dich.»

Als ich wieder in meinen Käfig stieg und die Dunkelheit mich umfing, kreisten meine Gedanken noch lange um diesen wunderbaren Geschmack, um diese makellose Fotze, die ich hatte lecken dürfen, und um alles andere Erlebte. In der Finsternis formte mein Kopf die Bilder erneut und im Traum meiner Erschöpfung durchlebte ich diese wunderbare Szenen immer wieder von neuem.

Ich war nun verheiratet. Ich war eine Sklavin.